本売る日々

青山文平

文藝春秋

目次

本売る日々

装画　村田涼平
装丁　大久保明子

本売る日々

「貝原益軒の『楽訓』ですけどね」

と、小右衛門は言った。

「三巻三冊ですね」

と、私は答えた。

「本日は携えておりませんが、店には三巻三冊すべて揃っておりますよ」

私は本屋である。

「次回、お持ちしましょうか。程度もすこぶる良い善本です」

毎月一回、私は城下の店を出て、在へ行商に回る。だいたい四日をかけて二十余りの村を訪ねる。門をくぐるのは寺と手習所、それになんといっても名主の家だ。地方の本屋の商いは、国の藩校からのまとまった発注と、在にあって文人たらんとする名主からの注文で成り立っているが、この国の城下には文政の御代に至ってもまだ藩校の姿がない。

「買おうって話じゃありませんよ」

手を横に振る小右衛門は、行商に出て三番目に訪ねることにしている玉井（たまい）村の名主だ。代々の名主の家系ではなく、小右衛門の父の代に村一番の持高（もちだか）に物を言わせて名主の座を勝ち取った新興の豪農である。近頃は入（い）れ札（ふだ）で名主を選ぶ村が多くなったので、あちこちに小右衛門みたいな名主が増えた。

「あの本のなかに『読書の楽しみ』という文があったでしょう」

「ええ」

小右衛門と本の中身について語り合うことはめったにない。立派な蔵書は客間の飾りになっている。どういう風の吹き回しだろうと思いつつ、私は相槌（あいづち）を打った。

「あれ、どういう話でしたっけね」

飾るだけでなく読む気になったというのか。それとも、私がちゃんと『楽訓』に通じているかを試しているのだろうか。

「色を好まずして悦（よろこ）び深く……」

ともあれ、私は唇を動かす。小右衛門は客だ。上得意だ。読みはしないが、買ってはくれる。たんと買ってくれる。感謝は忘れていない。それに、いつかは読んでくれるかもしれない。書架を飾るのも、人によっては読書への一歩だろう。小右衛門にだって幾年かの後には、本を積み上げるだけだった己れを懐かしく思い返す日が来るのかもしれない。

「山林に入（い）らずして心閑（しず）かに、富貴（ふうき）ならずして心豊（ゆた）けし……ですか」

「そう、それそれ」

小右衛門は我が意を得たりという顔になる。

「その最初のやつ、色欲を充たさなくても、本さえ読んでいれば悦びが深いという」

それが、どうかしたのだろうか。

「あなた、このあと、小曽根村に回るんですよねえ」

「はい」

それが、いつもの手順だ。

「惣兵衛さんのところを訪ねるわけだ」

惣兵衛は小曽根村の名主だが、小右衛門とちがって先祖代々の草分け名主である。おのずと読書にも年季が入っており、私にとってはこの土地随一の客だ。齢は小右衛門よりもふた回り上。今年、七十一歳になった。

「行ったら、びっくりすると思いますよ」

「びっくり、ですか」

「ええ、びっくり。だいたいね、私に本を奨めたのは惣兵衛さんなんですよ。およそ万事のすることのなかで、読書の益に勝るものはないってね。あ、これも『楽訓』に出ていることなんでしょう?」

「そうですね」

およその事、友を得ざれば成しうべからず……私は胸底で『楽訓』の文をなぞる。……ただ読書の一事は友なくてひとり楽しむべし。一室の内に居て、天下四海の内を見、天地万物の理を知る。数千年の後にありて、数千年の前を見る。今の世にありて、古の人に対す。我が身愚かにして、聖賢に交わる。これみな読書の楽しみなり……いちいち、その通りだと思う。貝原益軒は八十一歳で『楽訓』を書き、そして八十四歳でかの有名な『養生訓』を書いた。『楽訓』で示した人生の楽しみを存分に味わうためには躰を労わらなければならないという趣旨で『養生訓』を著したとすれば、益軒の眼目は『養生訓』ではなく『楽訓』にあったことになる。

「だから、あなたもこれからは読書を重ねて徳を積まなければなりませんってね」

小右衛門はつづける。ならば、小右衛門という上得意をつくってくれたのは惣兵衛ということになる。私は惣兵衛に二重に感謝する。

「それなのに、惣兵衛さんはあの齢で宗旨替えされたみたいでね」

「宗旨替え……」

「そう、宗旨替え。最初の『読書の楽しみ』のね。色を好まずして悦び深く、ですよ」

「つまり……」

半信半疑のまま、私は問うた。

「遊びをされるようになったということですか」

在の暮らしとはいえ、少し足を伸ばせば往還の宿場女郎がいるし、もう少し足を伸ばせば郡の外にも名を知られた巨刹があって、周りには精進落としの妓楼が何軒も用意されている。

「それだって、びっくりかもしれませんがね」

そりゃ、びっくりだ。遊び場に浸る惣兵衛は、湯に浸かる蛙よりもびっくりだ。

「そういうわけではありません」

そりゃ、そうだろう。

「小出しにしてるようでなんだから、言っちゃいますけどね」

そう、願いたい。

「後添えをもらわれたんですよ。七十一歳でね」

「ほお」

たしか惣兵衛は三十年ほど前に妻に先立たれてから、ずっと独り身を通してきたはずだ。

「そういうことなら、おめでたい話じゃありませんか」

ずっと書と連れ添ってきた惣兵衛もいよいよ眠りが浅い齢になって、茶飲み話の相手が欲しくなったのだろう。あるいは、夜中に目覚めたときの、しんとした座敷の冷たさが疎ましくなったのだろう。宗旨替え、とはちがうのではないか。

「そうですよ。おめでたい話です」

小右衛門はあっさりと認めてからつづけた。

「相応のお相手ならね」

私は目で、次の言葉を促す。

「まだ十七らしいですよ」

小右衛門は応えた。

「孫娘の齢です」

そうか、と私は思う。

茶飲み話の相手にはならないか。

それでも、夜更けの座敷の温もりにはなるだろう。

「それに大きな声じゃ言えませんけどね」

ひとつ息をついてから、声を潜めてつづけた。

「精進落としがご縁のようです」

「ということは……」

「女郎上がりってことになりますか。びっくりでしょう」

急かせるように、小右衛門は私を見る。

私は驚いた顔をつくるのに難儀する。

小右衛門には申し訳ないが、別にびっくりではない。

私は三十の半ばだが、特段、惣兵衛をヒヒ爺いとは感じない。

そういうこともあるのではないか。

あってもいいのではないか。

それに、カネで沈められた苦海（くかい）から少女を引っ張り上げるのは、カネ持ちの老人の務めかもしれない。

すくなくとも、これで、その少女は業病（ごうびょう）に煩（わずら）わされずに済むだろう。

物兵衛だって、そう長くはない。

やがて、彼女の次の人生が動き出すはずだ。

物兵衛もそう思っているかもしれない。

「物兵衛さんはもうのぼせ上がっちまってね」

「そうですか」

生きてる限り、血は巡（めぐ）る。

「奥方が欲しがる物はなんでも買い与えてるみたいです」

「なるほど」

相槌だけは打たねばならない。

「そういうわけですからね」

まだ、あるのか。

「いまの物兵衛さんには本につかう財布の持ち合わせはないかもしれませんよ」

「はあ？」

「なにしろ、わざわざ江戸から呉服屋とか小間物屋とかを呼び寄せているそうですからね。自分の本にまでは回らないんじゃないでしょうか」

そりゃ困る、と私は思う。

それとこれとは別、に願いたい。

つい最近、私はずいぶんな失敗をしでかして借財をつくってしまった。

行商に力を注ぐようになったのも、その返済に努めなければならなくなったからだ。以前はふた月に一回だったのが、借財をしょってからは毎月になった。

頼みの綱は惣兵衛である。

できたら、これまでにも増して注文を得たい。

もしも、惣兵衛が小右衛門の言った通りなら、描いた返済の絵図を畳まなければならなくなる。

私は独りではなくなった惣兵衛に考えを巡らす。

巡らすほどに、やれやれ、と思う。

お門ちがい、というやつだ。

問題は惣兵衛ではないのだ。

穴を掘ったのは己れだ。

なんであんな見え透いた騙(だま)しの手口に易々(やすやす)と引っかかってしまったのか。

そもそも、なんであれほど張り合おうとしたのか。

振り返って見える己れはあまりに愚かだった。


あらかたの失敗がそのようにして産み落とされるように、当時の私は焦っていた。

隣国にある本屋に、先を越されたからである。

本屋の看板を掲げたのは私のほうが早かったのに、新しく板木(はんぎ)を起こして本を出す開板(かいはん)で出し抜かれた。

本屋なのか小間物屋なのか見極めにくいような商いで、本の板元(はんもと)になる気なんてさらさらなさそうだったのに、突然、奥付(おくづけ)に『書林(しょりん)　杉屋甚兵衛(すぎやじんべえ)』の店名を印した本を並べたのである。

「あれは本とは言えなかろう」と言う者は多かった。美濃紙(みのがみ)を八つ切りにした、いわゆる袖珍(しゅうちん)本(ぼん)というやつで、掌(てのひら)に隠れるほど小さい。表紙は本文の紙と同じ素地(そじ)表紙で、刷りも据(す)わりがおぼつかず、中身だって、国の外にはほとんど知られていない地元の名所案内だ。田舎の本屋の仕事丸出しである。私だって本屋の客ならば、こいつは本じゃないとうそぶいたことだろう。

でも、私は本屋なのだった。ケチのつけどころ満載の極小本とはいえ、刊記(かんき)に刷られた『書林』の二字が目に焼きついて離れない。書林、書肆、書房、書店……どれも本屋を指す言葉だが、書林となると、本を売るだけでなく板行をする本屋という意味合いが強くなる。袖珍本で書林かよ、という声にならぬ声は負け惜しみでしかなかった。

　で、私は焦った。

とにかく、私も間を置かずに『松月平助』の名を刷り込んだ本を出さなければならなかった。

「そんなに気にすることあないんじゃないのかい」

　得意になってもらっている城下の客は言った。

「同じ本屋でも、松月堂が商うのは物之本でしょう」

　とつづけた。

「松月堂はお手軽な浄瑠璃本や草双子なんぞの流行物を扱う草子屋とはちがう。あの袖珍本はまさしく有象無象向けの草子屋物だ。畑がまったくちがうんだから、鷹揚に構えて無視してりゃあいいって思うけどねえ」

　客は道理を言った。まちがっちゃいなかった。私が売っているのは、本は本でも物之本だ。

　わかったようなわからぬような言葉だが、物之本の本とは『根本』の本であり、『本来』の本であり、物事の本質を意味する。物事の本質への叙述が収まった書物を、いつしか本とだけ呼ぶようになった。だから、いまでもそうと思いたいが、本と言えば、それは仏書であり、漢籍であり、歌学書であり、儒学書であり、国学書であり、医書であって、草双子はむろん読本も本ではなかった。

「でもさ」と、紙の在郷問屋をやっている弟は言った。「本屋の看板を掲げておいて、いまをときめく十返舎一九の『東海道中膝栗毛』を売らないのは商売としておかしいでしょ。曲亭馬琴の『南総里見八犬伝』だって売りゃあいいでしょ」。

それが、そうではないのだ。むろん、物之本へのこだわりはある。が、私が物之本に絞って商っているのは、逆に、商売を考えればこそなのだ。

本は高い。草子屋で売っている地本だからといって安いわけではない。『膝栗毛』だって『八犬伝』だって十分に高い。江戸の裏店住まいがおいそれと手を出せる額ではないのだ。おのずと、読み手は草子屋で買うのではなく貸本屋から借りることになる。地方でも同様で、城下のみならず宿場宿場に貸本屋がある。平百姓だけでなく、カネに不自由しない小右衛門や惣兵衛たちにしたって、読み捨ての草子屋物ならば買わずに貸本屋をつかう。だから、店に草子屋物を並べていたら商いにならない。

店の名を松月平助にしたのも、だからこそだ。物之本の本場である京都の大書肆、風月庄左衛門にあやかった。私が範とすべきは、読本や浮世絵で名を馳せる江戸の地本屋、蔦屋重三郎でも須原屋茂兵衛でもなかった。

それだけに、開板の門は狭かった。風月庄左衛門のような大書肆でさえ、年に開板する新刊は二点ほどだ。地方の本屋が物之本で新刊を上梓するのは限りなくむずかしい。隙間があるとしたら、全国にも名を知られた藩お抱えの儒者が国にいて、その儒者の随想なりを出すか、あるいは、地方振興の手立てとしての地誌書を国の後ろ盾を得て出すかだが、いまだに藩校がない国に、全国に名を売っている儒者などいるはずもなかったし、そういう国が後ろ盾になるには、地誌書の制作はカネがかかり過ぎた。

　仕方なく私は、本を売った。胸底で滾る開板への想いに厚く蓋をして、とにかく仕入れた本を数売ることを己れに課した。あそこは能く売るという評判が高まれば、京、大坂の書肆から、地方の販売拠点である売弘書肆に選ばれることが期待できる。選ばれると、新刊の刊記にも名が並ぶ。それを何度か繰り返せば、やがては、幾つかの書肆が手を携えて開板する相板の一員に入れてもらえるかもしれない。あくまで資金を分担するだけで、板行の実際に関わることはないだろうが、それでも相板として刊記に載れば、もう押しも押されもしない立派な書林だ。それを足がかりにいつか、存分に案を練った己れだけの名を印した物之本を出せばよい。

　そのように腹を据えて仕入れた本を売りまくり、ようやく初めての売弘書肆に選ばれたちょうどその頃、私は隣国の袖珍本のことを知った。

　大書肆から売る力を認められた喜びは瞬時に搔き消えて、自分が空っぽになったような気がした。こんなに簡単に、開板しちゃうんだと呆気にとられた。

　こんなもの、と臆することなどさらさらないのだろう。素地表紙の袖珍本でも、片田舎の名所案内でも、日頃は薬の効能書きでも彫っているのであろう職人の切れのない板木でも、なんら引っかかることなく出してしまうその無闇な軽さに、無性に苛立った。きっと、この地域の本屋で初めての開板であることなど頭の片隅にもないのだろう。あんなものに一番の栄誉を持って行かれてしまった。仕事が稚拙過ぎて、してやられたと降参することさえできやしない。それがもうどうにも腹立たしかった。

　己れの周到な備えを嘲笑われたような気になって、とにかく松月平助の本を出さなければならないと思った。ちゃんとした板行がどういうものか、見せつけなければならなかった。とはいえ、開板はできない。できるなら、とっくにやっている。私は京、大坂の本市を仕切る市屋に渡りをつけて、板木の出物を探した。

　本屋の仕入れ場である本市では、古書と、そして過去に刷られたことのある板木が取引される。なのに、「古書市」ではなく「本市」なのは、古書が本の取引の主役だからだ。わざわざ古書とことわらなくとも、それが本なのである。なにしろ、一軒の書肆が開板する新刊は年に二点だから、すべての本屋仲間の新刊を合わせても、その数はたかが知れている。おのずと、本の売り買いといえばそれは古書の売り買いになる。

　本とともに板木が取引されるのも、だからだ。本は開板のときだけでなく、その後も、あいだを空けて幾度も板行される。後印本である。開板のときの書肆が刷ることもあるし、他の書肆が板木を譲り受けて刷ることもある。本の板株、つまり版権は板木に付いて回る。板木を持っている者に、板行する権利がある。だから、本市で板木が売り買いされる。むろん、買った板木で刷った後印本の刊記には、自分の店の名を載せることができる。私は開板ではない代わりに、これはという板木を得て、杉屋甚兵衛に本屋としての格のちがいを見せつけようとした。出せればよい、では済まなかった。

そうして身を入れて探してみると、やはり、京、大坂は遠かった。自分で足を運ぶのは二回が精一杯で、あとは手紙でやりとりしたのだが、本市の常連というわけでもないので、気持ちの行きちがいが多々ある。いや、そういうことではなくて、とかそんな文面を幾度となく書いているうちに、時はどんどん過ぎて、いい加減、ささくれ立っていた頃、馴染みの世利子(せりこ)がひょいと店に顔を出した。

世利子というのは、どこの本屋にも属さずに本市などを渡り歩いて、値打ちの古書や板木を掘り当て、本屋に卸したり、別の本市の世利にかけたりする独り働きの仕事師だ。目利き(めき)になれば稼げるし、一目置かれる。

鉱造(こうぞう)というその世利子は特に目利きというわけではなかったが、一度だけとはいえ掘出し物で儲けさせてもらったことがあったし、それに、人の話を聴くのがべらぼうに上手かった。あるいは、人の話を聴く振りをするのがべらぼうに上手かった。最初はあくまで本屋と世利子という関わりのうちでの話をしていたのだが、気づくと、私は溜りに溜った市屋への憤懣(ふんまん)を思い切りぶちまけていた。

「そういうことなら……」

私の話が一段落すると、鉱造は柔らかい調子で切り出した。

「もしかしたら、お役に立てるかもしれませんよ」

そうして、かいつまめば、ありえぬ板木が実はある、という話をした。それは、いまから振り返れば、空飛ぶ馬を知っているんだが一頭どうかとか、いくら栓を抜いても酒が出つづける樽があるんだがあんたなら譲ってもいいとかいった類の話だったのだが、そのときの私には与太話に聴こえなかった。私の目は夜目で遠目で、そして、鉱造は深い笠を被っていた。

「その代わり、ちっと値は嵩むけど、こんだけの板木となると、むしろ安いんじゃねえんですか」

あとは、もう言わずもがなだろう。私はたしかに安いと思っていたし、これでようやく、ちゃんとした板行がどういうものか、見せつけることができると思っていた。

田植えが終わったばかりの小曽根村の物兵衛を訪ねると、いつものように書斎に通された。物兵衛は干鰯の商いもしていて、出入りの業者は土間を上がったところにある帳場で用を足す。

でも、私はいつも書斎に導かれる。

在では、本好きは孤立する。本を、蔵書を語りたいのに、語る相手がいない。蔵書が充実を深めるほどに孤立する。

で、本屋は待っていたかのように、奥の書斎へ招き入れられる。高望みさえしなければ、本屋は最も確実な理解者だ。

でも、その日の私の脳裏には玉井村の小右衛門の話があった。

あるいは、今日は帳場かもしれない。覚悟して、土間に足を踏み入れた。

それだけに、書斎へ案内されたときはほっとした。

でも、まだ安心はできない。

書斎で引導を渡されることだってあるだろう。

人の目に触れる帳場ではなく書斎なのは、こよなく大切にする蔵書に関わった者へのささやかな配慮なのかもしれない。

もう、慣れているはずの屋敷の書斎なのに、どうにも落ち着かぬまま惣兵衛を待つ。

と、背中に、小さな息づかいを感じた。

振り向くと、猫のヤマが寄ってきて、思わず和(なご)む。

七年前に初めて訪ねたときにも仔猫というわけではなくいたから、もう、いいかげんお婆(ばあ)ちゃんのはずなのだが、さほど老いは感じない。

私とは仲良しで、尻尾(しっぽ)を立てながら軽く擦り寄ってくる。

かまえ、という催促だ。

でも、調子に乗って抱き上げたりすると、機嫌を損ねる。

かまい加減が大事で、ヤマは私の塩梅を気に入ってくれているらしい。

ヤマに助けられて落ち着かぬ時を消していると、惣兵衛が入ってきてヤマに目をやり、「あ、ここにいましたか」と言った。

ひと月振りに目にする惣兵衛は心なしか薄皮が一枚取れたように映るが、定かではない。

私があらたまって挨拶をしようとすると柔らかいしぐさで制し、軽い調子で「ヤマの名前がなんでヤマなのか、お話ししていましたっけ」と言った。

しばし、記憶をたどってから、私は「いいえ」と答え、「なぜなのでしょう」とつづけた。

これで、とりあえず、引導は先延ばしにできる。

答えようとする惣兵衛に、ヤマが近寄る。すぐには動かず、間を置くのがいかにも猫だ。行ってやる、つもりなのだろう。飼い主だからといって忖度などしない。

「そのものずばりなのですよ」

ヤマの顎の下に指を当てて動かしながら惣兵衛は言った。

「山で拾ったのです。もう十二年前になりますかね」

私は初めて、猫には似合わぬ名前の由来を知った。

「山で拾ったからヤマですか」

「そう、入会地(いりあいち)の検分のために通った山路(やまみち)でね。なんで、あんなところにいたのか、狼に喰われなかったのが不思議ですよ」

　国では年に二度、狼狩りをする。差配するのは藩士だが、村の人間も勢子(せこ)として駆り出される。

「季節は十月に近い九月でね。山ですからもうずいぶん冷え込みます。小さく鳴き声がしたから目をやったら、路の端(はし)で震えてました。生まれてから、そんなに経ってなかったんじゃないかな」

　時期からして、母猫の最後の発情期(サカリ)でできた仔だろう。

「どうしようかと思いましたよ。実は、私は猫が苦手だったんです。相当にきらい、と言ってもいい。指の先で触れるのも嫌なんです。でも、九月も末の山路ですからね。放っておいたら今日のうちにも命を落とすのは目に見えている。それはそれで、看過できない。もうひとつ、実はだけど、実は、私は虫も殺せないんです。小作に世話になってる身分だから、それでも済んでるんだけど、青虫だって、蟻(あり)だって殺せません。座敷で蟻を見つけると、そっとつまんで外へ放しに行きます。百姓の風上にも置けないんですよ」

「それは、つまり……」

　話は意外に長引きそうだ。

「信心とか、そういうことですか」

「いえ、教えに導かれたのでも、戒(いまし)められたのでもありません。生まれつきでしょう。そういう肌合なんですよ。それだけに、殺生(せっしょう)はもうどうあっても駄目でね。置き去りにするのは殺生と同じですから、なんとしても仔猫を助けなければならないんです。でも、触れたくもない」

「お供はいなかったんですか」

「たまたま、そのときは一人だったんです。ですから、私が連れ帰るしかないんですよ。正直、私が迷っているうちに藪の奥にでも入り込んでくれれば、この場は凌(しの)げるなって思いました。でも、仔猫の姿は消えない。それどころかミャアミャア言いながら近寄ってくるんです。逃げるわけにはいかないからじっとしていたら、足元に寄ってきて躰を擦りつけました。干鰯を扱っているから鰯(いわし)の臭いでもしたんですかね」

「あるいは、震えていたわけだから、あったまりたかったのかもしれませんね」

「ああ、そっちかな、そっちでしょうね」

「それでも退(ひ)かなかったんですね」

問いながら、私は惣兵衛の語りの意図をいぶかる。引導の前振りにしては長過ぎる。これだけ語りに付き合わせて挙句が引導だったら、なぶり殺しのようなものだ。そういう持っていき方を好む者もいるが、惣兵衛はそうではない。勝手な買いかぶりかもしれないが、惣兵衛という人はなんであれ毒を遠ざけようとする。

「虫も殺さぬと猫ぎらいが、ぎりぎりぎりぎり、音が聴こえそうなくらいせめぎ合っていましたけどね。足元から離れないんで、さすがに私も据わらぬ腹を据えました。誰でもない、この私が連れ帰るんだってね。でもね、そうやって腹を据えたら、覚悟が定まるどころか、また、ぞっとしました。だって、連れ帰るとしたら、どう考えたって、自分の懐に仔猫を入れて連れ帰るしかないんですよ」

「そうか……そうですね」

「思い切って、あの横腹のぐにゃっとした手触りを我慢してね、両手で仔猫を抱えてみると、もう、かなり冷たいわけです。あっためないと危ないってすぐにわかるくらい。となったら、己れの腹の肌で直にあっためるしかないでしょう。そうしましたよ。ぞっとしたけど、そうしました。衿元をこう、広げてね、仔猫が入るくらいの隙間つくって、そっと収めましたよ。そのときね、私は願かけたんですが、それがなにかわかりますか」

「屋敷まで、持ってくれ、ということですかね」

　引導の前振りでなければ、この長い語りはいったいなんなのだろう。

「そういう余裕はないですね。猫好きの人にはわからないだろうけどね、私にしてみれば拷問がずっとつづいているわけです。もう、悲鳴あげて駆け出したくなるような状態がずっとつづいている。腹を据えて懐に入れはしたけれど、それで平気になったわけじゃない。一瞬一瞬が恐々なんです。ですからね、ちょっとなにかが変わるだけで、私のなけなしの勇気は壊れちまうかもしれない。なかでも、私がいっとう恐れたのは猫が私の腹に爪を立てることでした」

「爪を立てる……」

「そう、爪を立てて、血が出る」

いぶかりながらも、私は次第に語りに引き込まれる。

「もう、必死どころじゃなく堪えているのにね、そんなことされたら、恐々がつづきっ放しの私はなにをしでかすかわからない。気がぷつんと切れて、虫も殺さぬ質なんて、あっという間に霧散してしまうかもしれない。この私がね、仔猫をひねり殺すかもしれないんですよ。だから、けっして爪を立てるなと願をかけました」

「では、その願は叶ったわけですね。ヤマはいま、こうしてここにいるわけですから」

「叶ったなんてもんじゃありません」

「どういうことでしょう」

「爪の立てようがなかったんですよ」

「立てようがなかった……」

思わず、仔猫のぜんぶの爪が剝がされている事態を想像してぞくっとした。

「寝てしまったんですよ」

「はあ?」

「もうね、懐に入れて十歩も歩いた頃には眠ってました。よほど疲れていたのか、あったかくて気持ちよくなったのか、たぶん、どっちもなんでしょうね」

「眠りましたか」

爪は大丈夫だったんだと思った。

「猫もいびきをかくんですね。小さな白い腹を上にしてね、もう、くうくうです」

「ずっと眠りつづけですか」

「屋敷に着くまでね。一刻(いっとき)ばかりでしたが、一度も起きませんでした」

「すっかり安心してたんですね」

「そういうことですね。ちっちゃな寝顔に目をやりながら、なにを安心してやがるんだって思いましたよ」

日頃の惣兵衛はけっして「やがる」なんて言葉をつかわない。もしも惣兵衛がなにかを語る気で語っているなら、いっとう言いたいのはここからなのかもしれない。

「こっちは、首をひねっちまうかもしれないという恐れでいっぱいなわけです。路に叩きつけてしまうかもしれない。虫も殺せぬ私が猫殺しになってしまったらどうしようって、慄(おのの)きながら歩っているんですよ。なのに、猫ときたら、くうくうです。なんだ、こいつは、と思いましたよ。なにを信じ切ってるんだって呆(あき)れたし、苛立ちもしました。眠ってる場合じゃないだろうってね。いつでも逃げ出せるように、目ん玉ひん剥(む)いて、きょろきょろ、おどおどしてなきゃなんないのに、おまえはなんなんだ。なにを能天気決めこんでんだ。もう、ずっとね、そんなことを考えてました」

側から見れば、大の男が仔猫を懐に入れて守りながら歩いている……いささかおかしくもほほえましい図だろう。まさか、そんな深刻なせめぎ合いが、繰り広げられているとは思うまい。

「屋敷に着いて、目を醒ました猫を囲炉裏端に放したら、ずいぶん元気を取り戻したみたいでしたけどね。私はへとへとでした。文字どおり綿みたいにね、くたびれ果ててました。でも、冷えた手を火に炙って癒されているうちにね、おかしなことが起きたんです」

「おかしなこと……ですか」

「治ってたんですよ」

「治っていた……?」

「猫ぎらいです。六十年つづいていた猫ぎらいが治ってたんですよ。ひと息ついた私はなんのためらいもなく仔猫を抱いてました。昔からずっとそうしてたみたいにね」

「そんなことが、あるんですね」

私もまた、惣兵衛を根っからの猫好きと見ていた。

「でもね、実は、治ったのは猫ぎらいだけじゃないんです」

「ほお……」

「いましがた、たまたま一人で山路を歩いていたと話しましたけどね。あれは、嘘です。いや、嘘というより、方便ですね。私は一人だけで用足しに行くほうが多かったんです。使用人を信用していないわけではないんだけど、つい、自分一人でやったほうが仕事が早いって思ってしまうんですね」

惣兵衛は先祖代々の名主だが、飾りではなく、近隣に知られた篤農家であり、干鰯をはじめとする事業家であり、藩とも堂々と渡り合う百姓の頭領だ。つい、周りの仕事ぶりがもどかしく映ってしまうのだろう。

「でもね、あのあとから、二人、三人で出ることが多くなったんです。いや、仕事はね、やっぱり一人のほうが捗るんですよ。人、連れてくと面倒で、手間がかかってね。見てて、やきもきするんです。けれど、いいじゃないかってね。それでも、いいじゃないかって。要領わるくても段取りまちがえても、不思議なくらい苛つかなくなりました。なんで、そんな風に変わったんだろうって思ったら、やっぱり猫しかないんですね。あの無防備な、まるっきり守る気がない、あっけらかんとした、私を信じ切ってる寝姿が、そうさせているとしか思えないんですよ」

そう、か。

「付けようと思えば、理屈は付くんですよね。あとから考えれば、猫は無防備で眠ってることが一番の正解だったわけです。どんな理由であれ、私の懐、飛び出したら死ぬのは見えているわけでしょう。生きようとすれば、私の懐にとどまっているしかない。ならば、びくびく警戒なんてしないで、腹見せていびきかいてね、疲れをとって一刻も早く力を取り戻すのが最善だ。でもね、だから、私は変わったわけじゃないんですよ。そんな理詰めで変わったんじゃないんです。絵、ですよ。小さく、ゆっくり上下している仔猫の白い腹の絵です。あの絵を思い浮かべるとね、ひとりでに、いいじゃないかって気になるんです。なにも、そんなにきちきちゃんなくたっていいじゃないか。自分もあっけらかんと、眠りこけてみようじゃないかってね」

もしも、私も、袖珍本の前に仔猫を懐に呑んでいたら、先を越されたなんて思わなかったのだろうか。いいじゃないかって、思えたのだろうか。

「別に、そういうつもりで人に任せるようになったわけじゃあありませんが、何年かすると人も育っていました。お蔭で楽になったし、身代もまたひと回りふた回り大きくなりましたよ。しかし、それは結果としてそうなっただけでね。私としては、毎日がおもしろくなったことのほうがありがたかった。いいじゃないか、いいじゃないかってやってるうちに、見えてなかった景色が見えてきたというか。細かいとこまでいちいち目を光らせてた頃はね、見ようとしたところだけは目いっぱい見てるけど、その外のところはなあんにも見てないんです。それですべて見えてる気になってるから始末にわるいし、仕事だけは前へ進んでも妙につまらなかった。景色が広がってみて、そうと知りました。本もそうです。読んでるようで読んでいなかったところが読めてきて、ずっとおもしろくなりました。それもみんな、私を信じ切って眠りこけてた猫の白い腹のお蔭です」

話が長いぞ、と言うように、ヤマがミャアと鳴いた。

「このお婆ちゃんはずいぶんでかいツラしてるでしょう」

笑みを浮かべながらヤマに目をやって、惣兵衛は言った。

「でも、当然なんです。ヤマがここへ来た謂れを知っている人は、みんな、私がヤマを助けたと思っていますがね。そうじゃないんです。逆ですよ」

「逆、ですか」

「助けられたのは私なんです。ヤマが私を助けた。寂しくつまらない老人のまま終わるところを救ってくれた。十二年前のあの日、もしも山路でヤマに会っていなかったらと思うとゾッとします」

ヤマが惣兵衛の傍らを離れて、わずかに開けてある襖の隙間から出て行く。それで、ヤマの話も切り上げることにしたのか、惣兵衛が「この前、留置にしてもらっていた『藩翰譜』ね」と言った。

『藩翰譜』は三百三十七家の大名家の事績と由来を新井白石が編纂したもので、前回、私はその序目と一巻、二巻を見本として置いていった。本屋の多くは、得意にはそのような留置という売り方をする。いつもなら留置の話が出れば購入への期待が高まるところだが、その日の私は、ああ、いよいよか、と思った。結局、猫話は引導の前振りだったのかと。

「ただの事績集じゃなくて、白石の物の見方がよく表れていておもしろいですね」

けれど、惣兵衛はつづけた。

「あれ、残りの十巻もそろっているんですか」

「はい」

「じゃあ、次のときにその十巻を持ってきてください」

『藩翰譜』全十二巻の値付は銀八十匁（もんめ）だ。一両二分近い。脳裏から小右衛門の「いまの惣兵衛さんには本につかう財布の持ち合わせはないかもしれませんよ」という台詞（せりふ）が消えて、いったい、どういうことなんだ、と私は思う。引導を渡されるのを覚悟していたのに、書斎で最後に待っていたのはご褒美だった。でも、なんのご褒美なのか、皆目わからない。なんで惣兵衛が長々とヤマを語ったのかも、とうとうわからない。あるいは、小右衛門が語ったことはぜんぶ与太話だったのか……。

「それから、しばらくしたら……」

でも、惣兵衛はまた唇を動かした。

「ここに私の連合いを来させますので、なにか見せてやってください。あ、名はサクです」

ならば、少なくとも、後添えをもらったのはほんとうということになる。唐突に「連合い」の言葉が出て、私はまた混乱する。なにか言葉が足されるかと思ったが、それっきりだ。もとより惣兵衛は私が玉井村の小右衛門のところから回ってきたことを承知している。おそらく、小右衛門が惣兵衛の身辺の変化を誰彼（だれかれ）なく語っていることも承知しているだろう。なのに、なにも言い添えないのは、小右衛門が語ったとおりで構わぬということなのだろうか。当たっているから構わぬのか、当たっていなくとも構わぬのか。それとも……。

「それでは、私はまたあとで顔を出しますので、よろしくお願いします」

そう言うと、惣兵衛は腰を上げた。

惣兵衛は「なにか見せてやってください」と言ったが、私は物之本屋だ。携えている本のあらかたは漢文で書かれている。歌学書だけは漢字かな交じり文だが、今回は風呂敷に入れていなかった。女で漢文を読む者はめったにいない。まして、サクという新造が小右衛門の話したとおりだとしたら、ひらがなならば、というわけにさえいかないかもしれない。はて、どうしたものかと考えて、画譜（がふ）を持ってきているのを思い出した。清（しん）初期の金陵（きんりょう）で開板された『芥子園画伝（かいしえんがでん）』である。

画譜というのは言ってみれば絵画の教本で、絵画を山水画とか花鳥画とかに分類し、それぞれに技法と画論を組み合わせたものなのだが、『芥子園画伝』は画譜のなかの画譜であり、当世、絵画教本といえばこれに尽きる。というよりも、あの八代様、徳川吉宗公も熱心な支持者だったように、百年余りも前からずっと画譜の顔でありつづけている。いまや、わざわざ『芥子園画伝』と言わずとも、『画伝』と言えば『芥子園画伝』を指す。

なにしろ、編纂がいい。技法と画論の叙述が周到で、『画伝』に習熟するだけで絵が描けるように編まれている。次に、収録されている絵画が得がたい。一級品はないという指摘もあるが、それは歴代名家の一級品の作品を自由に見て回れるごくごく限られた者の言い草だ。絵画に上達するには多くの名画を目に覚えさせなければならないが、いまや、古画のあらかたは秘蔵されて、ほとんど表に出てこない。別段の人脈がない、つまりはほとんどすべての絵描きを目指す者が目を養おうとすれば、『芥子園画伝』を手に取るしかないのである。

画譜の顔になるのも当然で、かつては並び立っていた『十竹斎書画譜』も、この文政の御代では影が薄い。思うに、画風の盛衰もあるようだ。『画伝』が広がり始めた頃から狩野派と土佐派の生気が衰えを見せるようになり、いまでは『雅』の文人画、『俗』の浮世絵が絵画の流れをつくっている。なにをもって文人とするかは本屋が語る筋合ではないが、詩、書、画、いずれにも通じていることは必須の要件らしい。詩と書に秀でた者が画をも己がものにして文人たろうとしたとき、『画伝』は極めて頼もしい味方になるだろう。なにしろ、あの池大雅、そして与謝蕪村も『芥子園画伝』との関わりが深い。大雅の師は常に『画伝』を傍らに置くべしと説いた人だし、蕪村は師を持たなかったが、だからこそ独習の手がかりである画譜を頼りにした。

『芥子園画伝』は初集五巻五冊と二集八冊、三集四冊、そして四集四冊の全二十一冊から成る。今回、私が運んできたのは二集八冊と三集四冊で、二集はいわゆる四君子……草木のなかの君子とされる蘭竹菊梅の、そして、三集は花鳥草虫の画譜だ。いずれも頼まれ物で、すでに別々に買い手が決まっている。三集の客の手習所の師匠は富貴から遠く、七年がかりで初集から三集がそろうことになる。それだけに私も熱を入れ、乾隆四十七年、日本なら天明二年に新たに板木を彫り直した名版を探し歩いて手に入れた。全四集のなかでも三集の板刻の技は頭抜けており、『芥子園画伝』は三集に尽きるという声すら上がる。が、なにしろ人気の画譜なので繰り返し彫り直されて板行されており、板刻によっては本来の素晴らしさを伝えていない。私はこれぞ三集という三集を届けたかった。

二集と三集を合わせ十二冊を並べてサクを待つ。

唐本だから言うまでもなく技法も画論もぜんぶ漢字だが、絵を見ているだけで十分に楽しめるだろう。二集だけでも二百葉近い絵画が収められている。意味がわからずとも、飽きることはないはずだ。

文字のことを考えると、また小右衛門の語りがよみがえる。

「後添え」がほんとうだったということは、「女郎上がり」もほんとうなのか……。

十七歳と聞いたが、私はつい、破れとか、くすみを想ってしまう。

妓楼に巣くう湿毒は十七歳とて侵し入る。

いかん、いかん。私は頭から曇りを拭い去る。

惣兵衛はまだなにも語っていない。まっさらで、晴れ晴れと迎えなければならない。

背中に気配を感じて振り返ったら、またヤマだった。

おまえの名前の話はなんだったんだろね、と問いかけたとき、すっと襖が引かれる。

笑みを浮かべて入ってきた少女を目にした私は息を呑んだ。

谷間に陽が差したような気がしたからだ。

くすみなんぞ微塵もない。

若い娘ならではの晴れやかな芳しさに包まれている。

『画伝』の蘭竹菊梅にも花鳥草虫にも負けていない。

破れが目に付くのは、むしろ私を含めて周りのほうだ。

もしも、ほんとうに妓楼にあったとしたら、この翳りのなさは奇跡である。

少女は若き日のヤマのように音もなく座って、『画伝』を開いていく。

私は脇に控えて横顔に目をやる。

若葉が初夏の陽のきらめきで色を変えるごとく、表情を変える。

時折、とりわけ絵に魅せられたのか、私に顔を向けて笑みをよこす。

言葉は少ない。笑みと瞳の動きで気持ちを伝える。

汚れやすい色合いの夏紬がよく映るが、新造なのに歯を染めず、髪も丸髷でなく結綿なのはどうしてだろう。でも、『画伝』を見る少女を見ているうちに、どうでもよくなる。

すべては調和している。

ヤマがずっとこの屋敷にいたかに見えるように、少女もこの屋敷で生まれ育ったかのようだ。

そのとき私は、なんで惣兵衛がヤマを語ったのかを理解した。

あの話は、ヤマと惣兵衛の関わりそのままにちがいない。

惣兵衛はなにも変えていないし、話を足してもいない。

十の十、猫話だ。

だからこそ、惣兵衛は語れた。

少女の話がひとつも入っていないから語れた。

でも、それでいて、少女を語っていたのだ。

ヤマを語りながら少女を語っていた。

どこがどう、少女と重なっているのかはわからない。

逆に、いまになってみれば、ぜんぶがぜんぶ、重なっている気もする。

おそらく惣兵衛は遊び場を好まぬだろう。

実は、私も好まない。

なによりも嫌なのは、女郎屋のあの割床（わりどこ）だ。江戸のかなりの上見世（じょうみせ）でさえ、一つの座敷に衝立（ついたて）を並べただけで客を四人、五人、入れたりする。田舎の妓楼なら、言わずもがなだ。しかも、その座敷で、廻しをやる。掛け持ちをやる。もう、ただただ、それだけという感じで、風情もなにもあったものではない。もしも惣兵衛がなんらかの事情で遊び場に紛（まぎ）れ込んだとしたら、虫も殺さぬと女郎屋ぎらいがせめぎ合うことも起こるだろう。きっと、遊んで少女を知ったのではない。救って、知ったのだ。「さすがに私も据わらぬ腹を据えました。誰でもない、この私が連れ帰るんだってね」と思ったのではないか。

信じ切って無防備に眠りこけることも、目の前の少女であれば違和感がない。笑みと柔らかな目の配りだけで気持ちを伝えることができる少女が、「いつでも逃げ出せるように、目ん玉ひん剝いて、きょろきょろ、おどおど」するはずもない。「なにを能天気決めこんでんだ」と呆れる惣兵衛の懐で、救われた少女はくうくうと寝息を立てたのだろう。いまも少女は信じている。惣兵衛を信じ切っている。そうして、少女と屋敷は溶け合っている。

でも、そうやっていちいち挙げていくのは意味がないのかもしれない。

惣兵衛にしてみれば最後の、助けたのではなく助けられた、がいっとう伝えたかったことなのかもしれない。こんどはどう助けられたのかは惣兵衛のみぞ知るところだろうが、とにかく、また別の意味で「寂しくつまらない老人のまま終わるところを」救われ、もしも少女に「会っていなかったらと思うとゾッと」しているのではないか。だからこそ少女は、晴れやかに芳しくいられるのではないか。いくら本が「悦び深く」とも、本では届かない心の域はあろう。

私は本屋である。

一介の業者だ。

客の身辺の変化を問う立場にはない。

惣兵衛にしても、己れの身辺変化を業者に伝えなければならぬ謂れはない。

でも、私は書斎に招き入れられる業者だ。

物兵衛も己れを仮託する蔵書と関わった者には、変化を推察する手がかりくらいは伝えておきたかったのではなかろうか。

私なら、それさえも伝えられない者に、書斎への出入りはさせない。ただの本置き場と書斎のちがいは、結界があるかないかだ。

ヤマの話は、変化への理解を求める物兵衛の情動でも、私への配慮でもなく、己が蔵書への敬意だったのだろうと思う。

私は『画伝』に見入る少女の邪魔をしないように、そっと腰を浮かす。

ヤマ用の襖の隙間を音を立てぬように広げ、廊下へ出た。

そのときは、なにかしら、勝手に散っていたもろもろが、収まるところに収まったような気になっていた。


小半刻（こはんとき）ばかり庭で気散（きさん）じをしてから書斎へ戻ると、少女の姿はなかった。

けれど、若葉の匂いは立ち込めて、まだそこにいるかのようだ。

並べていた『画伝』は角をそろえてきちんと積まれている。

いちばん上にあるのは二集第一冊だ。

たしかめるというわけではなく、私は膝をたたんで、ぱらぱらと第一冊をめくった。

なにかがおかしいと感じたのは、手にしている第一冊ではなく、積まれた束(たば)のほうだ。

私は第一冊を脇に置いて、残りを並べ直す。

やはり、そうだ。

何度、目で改めてもそうだ。

私は大きく息をつく。

二冊がなくなっている。

苦心して手に入れた三集の二冊がなくなっている。

三集は上下二冊が二つの計四冊から成る。上冊には画法の要諦が、下冊には歴代画人の画稿が収められているのだが、その下冊の二冊がない。

幾葉もの絵画が収まっているほうだ。

私はまた息をつき、立ち上がって書架を改める。

最初はずらっと並ぶ本の束の上だけを、それが終わってしまってからは、束を一冊ずつ改める。

本来ならば物兵衛にことわらなければならないが、それをしたら大ごとになる。

いくら注意して言葉を並べても、少女が二冊を持っていった、有(あ)り体(てい)に言えば盗んだという意味合いが洩れ出るのは避けられないだろう。

「もしかしたら、別の座敷でご覧になっているかもしれないので、念のため、たしかめていただけませんか」

その台詞をまっすぐに受け止める客がいるか。

まして、互いを信じ切る少女と惣兵衛だ。

少女が知らないと言ったら、そのあとはどうなる。

毒を遠ざける惣兵衛のことだから、怒りは見せずに、では、みんなで探してみようということになるかもしれない。

家のなかでなくなったのだから、どこかにあるはずだ、と。

そうして、とうとう出てこなかった、とする。

というか、おそらく出てこない。

いつかは出てくるでしょう。注意して見ておきますよ。

惣兵衛はそう言って、きっと言葉のとおり、注意して見てくれるだろう。

穏やかに事態は進んで、私は次の月も小曽根村を訪ねる。

あいにく、出てきませんねえ。

いや、あれはもういいんです。

私は落胆を隠さない手習所の師匠の顔を思い浮かべながら言う。

今日は、また、なにか?

いちおう、注文も聞く。

いや、とりあえず、今日はいいかな。

拒んでいるつもりはないのだろうが、惣兵衛の興は乗らない。

さようですか。

互いの興の乗らなさが響き合う。

その次の月、私が小曽根村に行くかどうかはわからない。

そして、その次の月の次の月は、まちがいなく行かぬだろう。

ひとこと、なくなったと口にすれば、惣兵衛との縁は永遠に切れる。

そして、なくなったと口にしても、二冊は戻らない。

だから、とにかく、私にできることは、惣兵衛が再び姿を現わすまでのあいだ、書斎の書架を改めることだけだ。

探すべき場所は他にあるのかもしれない。

でも、書斎を出ることはできない。

書斎を出て探すということは、二冊がなくなった事実を明きらかにすることだ。

だから、出てはならない。

私が描いている筋はこうだ。

『画伝』を目にしているうちに少女は本そのものに興味を持った。

他にはどんな本があるのだろうと、書架へ向かう。

背表紙のない和本や唐本は縦に立て並べるのではなく、横に積み上げられる。束のあいだに挟まれる本を取り出すには、両手を使ってその上に積まれた本を退(ど)かさなければならない。

少女はそのとき気に入った二冊の『画伝』を手にしていた。

書架の本を束から抜き出すには、いったん二冊を置かなければならない。

少女はそのようにした。隣の束の上に置いた。そうして、目についた本の上に積まれた本を退け、つい『画伝』の上に置いてしまった。

少女の気は新しい本との出会いに向かい、視野から消えた二冊は意識からも消える。

だから、二冊は、いまも書架のどこかにある。私は書斎で、二冊を探しつづけていい。

突っ込みどころはいくらでもあるだろう。

こじつけが過ぎるかもしれない。

でも、書斎を出ないで躰を動かすためなら、こじつけだってなんだってする。

頭のなかを手習所の師匠と少女と惣兵衛の顔がぐるぐると巡って、あってくれ、あってくれ、と祈りながら手を動かしつづける。

書斎を出る前の気持ちの晴れ間は見事に掻き消え、黒雲が湧き上がっていまにも雷が落ちんばかりだ。

焦って汗が滴(したた)り落ちるが、その汗が一滴でも蔵書に染みたら、本屋としてなんらかの始末をつけなければならない。

でも、止めるわけにはいかない。躰を動かすのを止めたら、私は書斎を出てしまうだろう。十二畳と八畳の続き間の壁を埋め尽くす書架である。まともに考えれば、惣兵衛が姿を現わすまでにすべてを改めることができるはずもない。けれど、いま、まともに物を考えるのはまともじゃない。まともを封じて、私は探しつづける。己れを書斎に封じ込める。

いつの間にか足元に来ていたヤマが私を見上げてミャアと鳴く。

わるいが、いまは相手できないよ。私は手を止めずに言う。

まだ、二連目の書架に取り掛かったばかりだ。書架はぜんぶで十を優に超える。

ヤマがまた鳴く。

だからさ。

首を巡らせたとき、視界の端に惣兵衛が入った。

万事休す、だ。

こういうときの言い訳をなんにも考えてなかったなと思いつつ、私は手を止めた。

もはや、繕おうとは思わない。

なにをしている？

と、惣兵衛に訊かれたら言うつもりだ。

二冊がなくなっている、と言うつもりだ。

そして頼むつもりだ。

「もしかしたら、別の座敷でご覧になっているかもしれないので、念のため、たしかめていただけませんか」

惣兵衛との縁が切れてもかまわなくはない。

返済ができなくなってもかまわなくはない。

でも、しかたがない。

私には、七年がかりで『芥子園画伝』をそろえようとしている手習所の師匠に、乾隆四十七年板刻の三集を届ける務めがある。

私は無言で、惣兵衛の詰問を待つ。

脈は速くない。

汗はおさまっている。

不思議と落ち着いている。

逆に、惣兵衛がおかしい。

いつもの惣兵衛ではない。

常に毒を遠ざけようとする、いつもの平静さが窺えない。
怒りのあまり、己れを御しかねているのか。
我を忘れようとするのを、なんとか抑えているのか。
それにしては、目に怒気がない。
むしろ、うろたえている。
哀しみも、見える。
あきらめ、もあるようだ。
なんだ?
私は、敷居を跨いだところに立って一向に近寄ろうとしない惣兵衛に目で質す。
なんで、足を止めている?
なんで詰め寄って、無断でなにをやっている！　と問い糺さない?
なによりも大事な蔵書だ。
精魂込めて築き上げてきた、あなたの知の砦だ。
それを業者が勝手に引っ掻きまわしている。
怒髪天を衝くところだろう。
さあ、その足を動かして目の前へ立ってくれ。
どういうつもりだ！　と声を張り上げてくれ。

私に、本がなくなったんです、と答えさせてくれ。
とても大事な二冊がなくなったんです、と言わせてくれ。
想いが通じたのか、惣兵衛がのそっと歩を進める。
が、遅い。
目を合わさない。
初夏なのに、なぜか両手を袂に入れている。
私の立つ書架の前ではなく、文机に向かった。
筆でも取るつもりか。
この流れで、書き物か。
わざわざ出入り禁止を認めるのか。
口もききたくないというわけか。
思わず、力が抜ける。
堪えて溜めていた気が洩れて、なにをどうしたらよいのかわからない。
そこまでやるか、と立ち尽くす私の目に、文机の前で足を止めた惣兵衛が映る。
でも、膝を折ろうとしない。
袂から手を出すと、中腰になって、小さな包みを文机の上に置いた。
そうして、私に躰を向ける。

合わさなかった目を合わせて言った。

「あれを」

あれ……

あれ、とは、あの包みか。

文机に置かれた白い小さな包みか。

「あれを、受け取ってください」


私は、あれ、に目をやる。

惣兵衛の肩越しに目をやる。

ゆっくりと、あれが輪郭を取る。

あれって、あれか、と私は思い始める。

もしかすると、あれか……。

本物を自分の目で見たことはないけれど、知っている。

そういうものがあることは知っている。

でも、おかしい。

あれが、いま、あそこにあることがおかしい。

あんなもんが、あるはずがないのだ。

ありえない、にも程がある。

きっと、そういう風に見えるだけで、ちがうものなのだろう。

そして、私がそのちがうものを知らぬだけなのだろう。

「あれ、はなんですか」

ぽつりと、私は問う。

私が受け取るかもしれぬ物、ということではなく問う。

ただ、あれがなんなのかを知りたい。

「見てのとおりです」

惣兵衛は答えるが、答えになっていない。見てもわからないから訊いている。

「見たことがありません」

私は返し、惣兵衛はふうと息を吐く。そして、いかにも口にしたくなさそうに言った。

「切餅(きりもち)です」

うおっ、と私は思う。

きりもち、きりもち、きりもち……言葉の輪郭に触る。

やっぱり、そうなんだ。

あれが、切餅なんだ。

あるはずのないものが、ああしてあるんだ。

こんなことが、ほんとうに起きるんだ。

でも、感嘆していてはいけない。

私は訊かねばならない。

「なんで、私があの切餅を受け取るという話になるのでしょう」

惣兵衛の顔に意外が広がる。あるいは心外が広がる。無言で、なんでそんなことを訊くんだ、と言っている。それを言わせるか、と言っている。

「代金です」

絞り出すように、惣兵衛は言う。また、答えにならぬ答えを口にする。

「なんの？」

いくら心外でも、訊かねばならない。

「『画伝』のですよ」

腹を据えたようだ。

「『芥子園画伝』の二集と三集の十二冊、私に譲ってください」

さすがに、私もいまなにが起きているかを理解する。

切餅が「代金」ではないのを理解する。

切餅は小判二十五両をまとめた包みだ。

『芥子園画伝』の貴重さはカネで量れるものではない。

が、俗世で通じる代金としては、二十五両は法外に過ぎる。


「座りましょうか」

と、私は言う。

立ち話で済む話ではない。

惣兵衛も素直に従う。

惣兵衛は書斎の主人(あるじ)が座る席に、そして私は書斎に出入りする本屋の席に座る。

本来の席に座して向かい合うと、本来の二人の関わりが戻ってくるような気がする。

据わらなかった惣兵衛の目も落ち着きを見せはじめた。

事情を察した様子の私を目にして、幾分なりとも、己れを取り戻したようだ。

「今日が初めてではないのですね」

余計を入れずに、私は問う。

書斎の匂いを知る者どうしとして話ができればいいと思いつつ問う。

「ええ」

惣兵衛はあらがわない。

「初めてではありません」

私の願いは届いているようだ。

「本、だけではないのですね」

「ええ」

目は畳に預けている。

「反物、小間物、菓子……いろいろです」

「そのたびに、すべてを買い取ったのですか」

ひとつ息を吐いてから、惣兵衛は答えた。

「ま、そういうことです」

「業者は了解しましたか」

「いつも切餅というわけではありませんが、それだけの額ではありましたから」

いつの間にか、ヤマの姿が見えない。

「戒めはしたのでしょうか」

惣兵衛はまた息を吐く。

「とんでもないと思われるかもしれませんが……」

長押（なげし）のあたりに目を移してからつづけた。

「戒めてはおりません」

「戒めてはいない……」

「壊れてしまいそうな気がしたのです」

言葉を探してから言った。

「無理に止めさせようとしたら、サクをサクにしているものが壊れてしまいそうな気がしたのです」

不思議と、「とんでもない」とは思わない。

「サクには、これは誰の物、あれは誰の物、という感覚がないようでした。彼女にとっては、この世のすべての物は、森の山葡萄（やまぶどう）と同じなのです。自由に摘（つ）んでいい物なのです。森は里との境界で終わりますが、サクにとっては森がどこまでも広がっている。そういう世界でサクは生きている。私はサクをその世界から追い出すことができなかった。いや、追い出したくなかったのです」

もしも、惣兵衛に、それが少女のあの晴れ晴れとした芳しさの源なのだと説かれたとしたら、そうではない、とは言えなかろうと私は思った。

「でも、この世ではそれは罪ですね」

「罪です」

即座に、惣兵衛は答えた。

「ですから、私も、いつまでも、とは思っておりません。サクにもいずれ、森がどこまでも広がっているわけではないことを知る時が来るでしょう。せめてその時まで、このままにしてあげたいと思いました。幸か不幸か、私にはそれができます。私の資力をもってすれば、見渡す限りを森にするのはむずかしいことではありません。それができる者が彼女を知ったということは、それをやれ、と命じられているのだと思いました」

「あなたが江戸から呉服屋とか小間物屋とかを呼び寄せていると耳にしましたが、それはほんとうですか」

「そのとおりです」

「それはあなたが御新造に森を与えているということですね」

「そうなりますね」

「近隣の在郷町(ざいごうまち)の店で、御新造が山葡萄を摘んだとしたら、あっという間に噂が広まるし、あなたの目が届かない場だったら捕縛されるかもしれない。だから、遠く離れた江戸から店を呼んで、存分に葡萄摘みができるようにした。そうではありませんか」

「おっしゃるとおりですね」

惣兵衛はつづけた。

「私のしていることはまちがっているでしょうか」

「まちがっていると思います」

間を置かずに私は答えた。

「理由を口にする前に、ことわっておきますが、私はあなたに『芥子園画伝』をお譲りすることはできません」

物兵衛の目をまっすぐに見て、私は言った。

「私はいま金銭上の難問を抱えていて、その難問はあなたの申し入れを受け入れれば即座に解決します。でも、受け入れることはできません。あの画譜を待っていただいているお客様がいらっしゃるからです」

考えずとも、言葉は流れ出た。

「そのお客様はある村で手習所をされていて、資力はまったくありません。五十を過ぎていますが、嫁も迎えられない。数少ない楽しみは子供たちの成長と、絵を描くことで、『芥子園画伝』との関わりの深さはともあれ密さで言えば、蕪村にも負けぬのではないかと思われるほどです。でも、いかんせん懐がからっきしなので、知り合いから借りるしかなかった。七年前に初集を我がものにしたときは、それは感激されていました。傍らにあってこその『画伝』なのだと、それこそ小躍りされていました。二集を入手されたのはそれから四年後。そして今回、ようやく三集の注文をいただきました。七年かけて、初集、二集、三集がそろうことになったわけです」

物兵衛は黙って聴いている。

「あなたならご存知のように、『画伝』のなかで最も評価が高い三集も板刻はさまざまです。せっかくなので、私は三集のなかの三集をお届けしたいと思いました。そのためだけに京、大坂を駆けずり回り、ようやく乾隆四十七年板刻の三集を探し出したのです。ほんとうに手にできたときは、我がことのように嬉しかった。なくなったからといって、おいそれと代わりが見つかるものではないことは、あなたも知り抜いていらっしゃいますね」

「わかります」

短いがはっきりと、物兵衛は答えた。

「今回、御新造が摘んだ山葡萄はそういう山葡萄です。ただの森に実をつけている山葡萄ではありません。あなたは、あなたの資力で見渡す限りを森にすると言われた。それを否定するものではありません。そこからなにか、我々の想いも寄らぬ新しいものが生まれてきそうな気もします。それを頭から拒むようなら、本屋なんぞやってはいけない。でも、私は、手習所の師匠にとっての三集を忘れ去ることもできません。里になる山葡萄は、森の山葡萄とはちがうとも思います。里には師匠の三集の他にも、さまざまな想いがぎっしり詰まった山葡萄があることでしょう。もしも、あなたが見渡す限りを森にすると決意されるならば、そういう山葡萄が潰(つぶ)れた汁を、よくよく味わってからにしていただきたいと思います。それから、もうひとつ……」

言葉は止まらない。

「あなたは、いずれ御新造にも森がどこまでも広がっているわけではないことを知る時が来る、と言われましたね」

「来ませんか」

力なく、惣兵衛は言った。

「わかりません」

私は答えた。

「来るかもしれないし、来ないかもしれません。ですが、問題は来る来ないもさることながら、あなたが森と里の際(きわ)に関わりすぎていることだと思います」

「関わりすぎている……」

「もしも、あなたという存在がなければ、彼女は里との交わりのなかで、いろんな想いを積み重ねて、その時を探っていくのでしょう。里での山葡萄摘みを止めるもつづけるも、彼女の心と躰で決めるのです。ところが、あなたは際の向こうの里だった土地をどんどん森に変えている。だから、彼女はいくら歩を進めても里へ出て交わることができません」

「ああ……」

物兵衛が声を洩らす。

「しかも、里から森に変わった森は、本物の森ではありません。本物の森なら、森がどんな森になるかは森が決めます。木が、草が、苔が、虫が、鳥が、狐が狸が、陽が水が、交わり合って、落ち着くべきところへ落ち着いていきます。ところが、いま彼女がいる森はそうではない。すべてはあなたが決めるのです。どんな木にするか、草にするか、それを決めているのはあなたです。あなたは、せめてその時まで、このままにしてあげたいと言われましたが、このままに、というのは、偽りの森に閉じ込めるということとしか思えません。そんなすかすかに痩せた場所で山葡萄摘みを強いられて、彼女は正しい判断がつくのかと心配にもなります。私の知るあなたなら、そんなことに気づかぬはずはないと思うのですが」

物兵衛は大きく息を吐く。

言葉を待つが、出てこない。

身動きもせずに考え込む。

私は待つ。

待ちつづける。

待ちつづけて、ようやく物兵衛は口を開いた。

「そんなこと……ですか」

そのあとに、どんな言葉がつづくのかと思ったが、唇は閉じられたままだ。どうやら、また黙考に戻ってしまったらしい。

私はまた待つ。

待ちつづける。

次に言葉をつないだのは、惣兵衛の広い屋敷をひと廻りできるほどの時が経ってからだった。

「幾つになっても、己れが見えなくなるときは見えなくなるらしい」

そう言ってから、つづけた。

「いましばらく、ここでお待ち願えますか」

そうして、席を立った。


戻ったときは、二冊を携えていた。

「いちおう、お持ちする前に、私も改めさせていただきました」

私の前に二冊を置き、頭を畳に擦りつけて詫び(わ)を述べてから言った。

「傷や汚れ、落丁(らくちょう)はありませんでした。おそらく、元のままであると思われます。どうぞ、改めてください」

言われるとおりにした。一枚、一枚、丹念に改めた。

三集の素晴らしさは板刻だけでなく、その綴じ方にもある。初集、二集はよくある袋綴じだ。一枚の紙を二つ折りにして、折り目の逆側の開いたほうの端を綴じる。だから、たとえば一丁の裏と二丁の表を使って見開きで一枚の絵を載せようとすると、別々の紙になってしまうので、真ん中の綴じ目で絵が分断される。で、三集では、中央を背にして二つ折りにした紙の小口と小口を糊付けし、背はそのままにした旋風葉のような装丁にした。こうすれば、一枚の紙で見開きを組めるから、絵に切れ目がなくなる。その差は歴然としていて、三集の絵を見慣れると、もう他の画譜の絵は見られなくなる。

三集ならではの切れ目のない絵がすべてそろっていて、傷や汚れもないのをたしかめると、私は「まちがいありません」と言った。そして、つづけた。

「できれば、どのように話されて、戻ったのか、お聞かせ願いたいのですが」

「いや、当然です」

すっと惣兵衛は言った。

「問われる前に、こちらから説かせていただかなければならないと存じておりました」

軽くなく頭を下げてからつづける。

「実は、私は一筋縄ではゆかぬと覚悟しておりました。どのように話を持ってゆけばよいのかも皆目わからず、取り戻す自信などまるでありませんでした」

私が惣兵衛なら、やはり、そのように感じるだろう。

「つまりは、サクと私の情念の、熱のちがいなのです。この世のすべての物は森の山葡萄と同じであるというサクの情念と、同じではないとする私の情念を天秤にかければ、私の情念を乗せた皿などすぐにピンと跳ね上がってしまうでしょう」

それも、そのとおりなのだろう。

「端(はな)っから勝負にならないと覚悟した私は、自分の言葉で説得することをあきらめました。降りたのです。最初から降りて、松月堂さんにさきほど説いていただいた山葡萄の話をそのまま口にすることにしました。あの三集がどういう本であって、頼まれた方がどのような気持ちでこの三集を待ちわびていらしたか、できるだけ正確に語ることだけを己れに命じて話を進めたのです」

「そうですか」

「実のところ、そうすれば戻るとは思っておりませんでした。私はあの話に心を打たれました。だからこそ、サクと向き合いました。初めてまともに向き合った、と言ってもよいかと思います。でも、サクの心をも打つかとなると、なんとも判じられなかった。サクは常人とは別の場所で息をしている気がしたのです。ところが、語ってみれば、話が終わらぬうちにサクは席を立ちました。そして、行李(こうり)から二冊を取り出して、私に差し出したのです」

「よかったです」

「涙ぐんでもおりました」

少女の顔が見えるようだった。

「結局、私が一人で気を回しておかしくしていたということなのでしょう」

「ええ」

そうではない、とは言えなかった。

「私は森だけでなく、サクをもつくってしまっていたのかもしれません」

それも、そうではない、とは言えなかった。

「これで里での山葡萄摘みそのものが止むと望外なのですが、虫がよすぎるのでしょうね」

「つかぬことを伺いたいのですが……」

答える代わりに、私は訊いた。

「どうぞ、なんなりと」

「御新造は歯を染めず、丸髷にもされていませんね」

「ああ……」

「なぜなのでしょう」

「なかなか言葉にしにくいのですが……」

歯切れがまたわるくなる。

「松月堂さんだから言いますが、ご覧になっているとおりなのです」

「嫁入り前、ということですか」

「そうなります」

どういうことだ。

「ですが、あなたの妻女なんですよね」

「妻女になるのは、私の次でよいと思います」

「つまり、実のところは、いまはあなたの養女であるということですか」

「そういう言い方だとわかりやすいですね」

「なのに、表向き、妻女ということにしている……」

「ええ」

「わかりませんね」

なんでわざわざ、そんなややこしい真似をするのだろう。

「語れば嫌味でしかないのですが、身代が大きい家には身代が大きい家ならではの厄介があります」

惣兵衛はおもむろに語り始める。

「代替わりともなれば、騒動のタネには事欠きません」

それは察しがつく。

「私もそう長くはない。仏になったときは、この屋敷に魑魅魍魎(ちみもうりょう)が跋扈(ばっこ)することになるでしょう」

きっと、厄介も極まるのだろう。

「私も後見を頼まれたことがあるのですが、考えられない者が考えられないところから現われたりするものなのです」

カネは人にそういう真似をさせる。

「私もそのときに備えて考えられる手は打ってありますが、おそらく、想定外のことが起きるでしょう。たとえ想定外のことが起きても、一定の歯止めがかかるように備えを組んでおかなければなりません」

「その備えが妻女なのですか」

そこまで説かれれば、類推はきく。

「そうです。養女ではあまりに立場が弱い。カネに取り憑かれた者たちは怪物ですからね。養女なんぞ、あっという間に蹴散らかされます。その点、妻の座は強い。妻が当主になることさえあります。百姓家における女の身分としては最も保護されていると言っていいでしょう。実は、百姓の家は女房で持っています。男は仕事だけですが、女は仕事と家と子育てと、生きていくすべてですからね。百姓成立は女房で決まるのです。だから、一目も二目も置かれる。サクを潰されないようにするなら、養女ではなく妻女なのです」

少女を護ろうとする惣兵衛の本気が、ずいずいと伝わってくる。

「それに、人の女房であったことは、再婚の障害になりません。いま語ったように、女房が頼りの百姓家では、むしろ、家を切り盛りした経験を積んだ者が縁組の相手として望まれます。たとえ、男のほうが初婚であってもです。ですから、私の妻女ということにしても、サクの経歴の疵（きず）にはなりません」

　言葉にいちいち芯がある。

「そして、最後の理由ですが、私の妻女であることにすれば、その前にサクがなにをしていたかが消えます」

　それはまったく見えていなかった。

「養女だと、どこからもらわれたとか、どんな家だったとか、憶測が切れることがありません。サクの前職にも追及が向くかもしれないのです。その点、妻女なら、たいていはそこで終わりです。ま、なにごとにも例外はありますが、例外止まりではあるということです」

　周到、というのは、こういうことを言うのだろう。小曽根村の惣兵衛の妻、の響きは強い。惣兵衛の妻なら、ただひたすら惣兵衛の妻だ。

「ひょっとすると、私もまだ十年、二十年生きてしまうかもしれませんが、そういうこともあろうかと、サクにはすでに去り状を書いて持たせています。去り状というのは、離縁状という形の再婚許可証ですからね。いつでも、ここを出て、本物の新造になることができるというわけです。たったいま、でもです。妻女にすることで、サクを縛ることもありません」

「見事というしかありませんが……」

感嘆しつつも、私は言う。

「御新造はあなたのその配慮を望んでいるでしょうか」

「さあ……」

惣兵衛は口を濁す。

「サクにはいま語ったことを伝えてはいません。伝えなければならないとは思うのですが、なにか恩着せがましい気がしましてね。ですから、サクが望んでいるかどうかもわかりません。今回のように気を回しすぎてしくじったことを思うと、これもまた、という感じもしますが、どうですかね、望まれていませんかね」

「周到さには敬服しますが、無理がある気はします」

「形と、その実に、開きがありすぎますか」

「そうですね」

「やはり、形も養女にするべきでしょうか。それならそれで、しかるべき護りの形を考えますが」

「手はそれだけではないと思いますがね」

私は少女を目にしてからずっと温めてきた考えを言うことにした。

「えっ」

「形と、その実の開きを埋める手立ては、それだけではないでしょう」

惣兵衛が目でどういうことかと問う。

「形は妻女になっているのですから……」

これがいちばんすっきりしている。

「その実も、妻女にされればいいのではありませんか」

私を見る惣兵衛の瞳が揺れる。

「御新造はそれを望まれているような気がします」

私は揺れを無視してつづけた。

「もしかすると、里での山葡萄摘みも、それで終わるかもしれません」

鬼に喰われた女(ひと)

「届いたって？」

店に顔を見せるやいなや、正平は言った。

「ええ、でも……」

帳場を下りて歩み寄りながら、私は答えた。

「巻十八から巻四十四までの二十七冊ですよ」

持って帰るには、ちと冊数が多い。

「それに、別に巻十七の附巻の『三大考』一冊と、目録の三冊も付いています。合わせると三十一冊。なんなら、あとで御宅のほうにお届けしますけど」

『古事記伝』である。国学者、本居宣長の名を高らしめた『古事記』の注釈書だ。全四十四巻。目録等を入れて四十八巻だが、いちどきに揃って板行されたのではなく、三十三年かかって全容を現した。宣長存命中の寛政二年に巻一から巻五、同四年に巻六から巻十一、同九年に巻十二から巻十七、そして没後二十一年が経った今年文政五年に残りのすべてである。

「いや、もう、さんざ待ったからさ」

大げさに手を横に振って、正平は答える。

「もう、ちょっとも待ちたかねえ。背負って持って帰るようにしてもらえるかい」

「それはお易いご用ですが、でも、ほらっ」

私は入り口に歩み寄って戸を少し引いた。

「降ってきましたよ。ちらほら、と」

しんとしてきたと思ったら、やっぱり、そうだ。白いのがちらついている。月は師走に入った。

「どうってこたあねえさ」

正平は北の生まれと聞いたことがある。こんなひらひら雪など雪に入らぬか。

「ならば、茶の一杯も召し上がって、あったまっていってください。そのあいだに用意しますから」

「そうこられると、断われねえなあ。ここの茶は上等だからね」

茶葉は奢っている。煎茶の手前も躰に仕込んだ。急須扱いは練れているつもりだ。本屋が届けるのは本だけではない。客が安心して本を語ることができる、いっときをも届ける。だから、気分よく唇を動かせるよう、旨い茶を淹れられるようにした。

本好きなら、誰だって本がかわいい。蔵書が愛しい。そのかわいさを、愛しさを語りたい。

人と分かち合いたい。でも、飼い猫の愛しさを語るように、語るわけにはゆかない。幾度か場をこなせば、蔵書に限っては、自分がわかってほしいようにわかってもらえることなどありえぬのを思い知るからだ。

書庫の愛しさが通じないのは、猫の愛しさが通じないのと同じではないことも、胸に刻み込まれる。猫は猫だ。自分ではない。けれど、書庫は自分そのものだ。書庫を否定されるのは、自分が否定されるのに等しい。だから、わかってほしい相手ほど、書庫を語るのに臆病になる。で、本屋だ。最上の理解者ではない。誰よりもわかってほしい相手ではない。商いで本を扱う者たちだ。なかには好きが高じてという本屋もいるだろうが、ただの商材という本屋だっているだろう。でも、だからこそ、最初から諦めがつく。自分がわかってほしいようにわかってもらおうなどという、高望みはしない。

装丁を云々(うんぬん)するだけだって、作者の消息をやりとりするだけだっていい。どうしても本を語らずにはいられないときに、上っ面(うわつら)を撫(な)でるだけでいいのだ。

それなら、本屋は格好だ。本を知ってはいるから、空回りはしなかろう。客商売だから、話を合わせてもくれる。口が滑ったとしても、他に漏らさないくらいの仁義は弁(わきま)えているだろう。とびっきりの名水でなくとも、喉が渇き切ったら、目の前に湧く泉に両手を差し伸べなくてはならない。

「ああ、やっぱりちがうねえ」

茶をひと口啜ると、正平は言う。

「ここの味を知っちゃうと、もう他じゃあ飲めねえよ」

そして、息をついてからつづけた。

「包む前に、巻十八、ちょっと見せてもらおうかなあ」

言われるまでもなく、用意している。

「さ、どうぞ」

みるみる目が輝く。

「美濃判の書型に、表紙は縹色の布目押紋か。で、角裂と綴糸は紫。変わらないねえ。当たり前か」

縹色は藍よりは薄く、浅葱色よりは濃い青色だ。

「三十二年前の巻一から、『古事記伝』はずっとこうですからねえ。というよりも、鈴屋から出るものは皆、この体裁です」

宣長が使っていた小さな書斎を鈴屋と言ったが、いまでは学統のような意味でも使われる。

「訂法も相変わらず袋綴の五つ目か。これ見ると、ああ、『古事記伝』だなあ、って気になるよ」

「訂法にまで目が行くお客様はなかなかいらっしゃいませんよ」

持ち上げているのではない。本音だ。袋綴の綴じ目が五つあるものを五つ目綴、あるいは五針眼訂法と言う。一般に多いのは四つ目だが、五つ目も格別珍しいというわけではない。とはいえ、鈴屋から出ている他の本のあらかたは四つ目だから、やはり、『古事記伝』だけは別段ということになる。それに気づくのは、五つ目綴がそこそこ珍しくて、鈴屋にあってははっきりと珍しいことを知る者だけだ。

「ああ、そう言えばね……」

調子が出てきた。いよいよ、装丁談義が弾んでいくのだろう。もしかしたら、今日は丁の中身にだって入っていくのかもしれない。

「ここの東隣りの国ね」

東隣りの国……？

「八百比丘尼伝説があるらしいね」

やおびくにでんせつ……八百比丘尼伝説……。本の話ではないのか……。『古事記伝』はもう、語らなくてよいのか。

「そうですか」

私は虚を衝かれる。でも、驚きはしない。八百比丘尼伝説が残る土地はけっこう多い。私は西隣りの国の出なので、東隣りの国に八百比丘尼伝説が伝えられていることは知らなかったが、伝えられていたとしても、なんら不思議はない。たまたま人魚の肉を食べてしまった娘が十五、六の姿のまま齢をとらず、尼となって八百年を生きたという言い伝えだ。人なら誰だって、不老不死を願う。

「ほらっ、俺はまだこの土地に来て日が浅いだろ。で、耳に入ってこなかったんだけど、あるらしいよ」

正平は粉屋だ。米を米粉にして江戸で売る。というと、どうということもないようだが、実は、たいそうなことなのだ。江戸で米を商うことができるのは、米の株仲間だけだ。で、仲間に入れない正平は米を粉にして江戸へ持ち込んだ。これは米粉であって、米粒ではないというわけだ。当然、株仲間との悶着はあったが、いまでは御番所からも認められている。正平は、人が想いもつかぬことをやって利を上げる商売人なのだ。米粉を作るのにも、自前の水車を細々と回したりはしない。水車を据えるのに具合がよい川を探して、思わず話に乗りたくなる条件を土地の豪農などに突きつけ、水車を作らせる。元手をかけずに数多くの水車を使って粉を挽き、大きな商いに仕立てるのだ。おそらくは、東隣りの国に行ったのも、新しい水車の用地の下見をするためだろう。

「なにか、他の八百比丘尼伝説とはずいぶんちがう話なんですか」

私は問う。東隣りの国に八百比丘尼伝説があるのはなんの不思議もないが、ぶんぶん動き回る商売人の正平が、珍しくもない言い伝えに興味を示すのは不思議だ。貝原益軒は八百比丘尼伝説が生まれた経緯を『西北紀行』に記した上で、「荒唐無稽」と断じているし、井原西鶴は『西鶴織留』で、人魚は喰わなくても、贅沢なものを食べ、めでたいことばかり耳にし、嬉しいことばかり目にしていれば、齢の取りようがないなどと揶揄している。

「いや、話の中身は同じようなもんだよ。なんか、おかしいな、と思うのはね。土地の者が語らないことなんだ。ああいう言い伝えって、訊かれると、けっこう、話したがる人間が多いでしょ。でも、東隣りの国では話を向けると、まともには答えずにはぐらかすんだよ。あれは、どうしてなんだろうって思ってね。なんか、心当たりはあるかい」

「そうですね……」

もう一度、記憶をたどってみるが、やはり、そういう類の話を聴くことじたいが初めてだ。それに、正平への違和感も消え切らない。与太話とまでは言わないが、しょせんは「荒唐無稽」な言い伝えだ。土地の者がはぐらかしたくらいで、それほどに気にかかるものか。ようやく完本になった『古事記伝』の話を、中断するほどのことか。

「実は、私も東隣りの国には土地勘がないんです。でも、こんど訪ねる機会があるので、心当たりに訊いてみますよ」

一応、当たり障りなく答えたが、やはり、私は言葉を足した。

「八百比丘尼伝説には以前から興味をお持ちなんですか」

「そうなんだ」

即座に、正平は答えた。

「実はね」

ためらう素振りも見せずにつづけた。

「俺は一度、死んだことがあるんだ」

「えっ」

思わず耳を疑った。

「一度、死んだことがあるんだよ」

「それは、つまり……」

私はなんとか話を立て直そうとした。

「一度、死んだ気になった、ということですか」

そうにちがいないと思っていた。一度、死んだ気になって商いに取り組んだから、いまの米粉屋になれたんだ、というような話なのだろう、と。そういう話の持っていき方をする人間はけっこう多い。

「いや、そうじゃない」

けれど正平は、くっきりと言った。

「死んだ気になったんじゃなくて、死んだんだ。まだ小さな頃さ。そんときのことを覚えているんだよ。ぼやっとだけどね。でも、どこもかしこも灰色一色のなかで、仰向けに横たわりながら、ああ、自分は死んだんだな、と思っていることだけははっきりと覚えているんだ」

受ける言葉を見つけられずにいる私に、正平はつづけた。

「たぶん、間引きされたんだろうね。貧しい村だったから」

思わず、喉のあたりが強張(こわば)る。間引き、の一語はどうしようもなく重い。正平の声の軽さが、よりいっそう重くする。

「ならば……」

私はなんとか、言葉を並べた。

「生き返ったわけですね」

「そういうことだね」

正平は変わらずに恬淡(てんたん)と答える。

「人魚だよ」

「人魚、ですか」

「人魚の肉さ」

そこに、人魚の肉が出てくるか……。

「あとになって思ったのさ。誰かが人魚の肉の一片を喰わせてくれたのかもしれないって。なにしろ、死んだんだ。尋常なことじゃあ、生き返ったりしないよ。人魚の肉くらいじゃないと。それ以来、八百比丘尼伝説の話が耳に入ると、素通りできなくなるんだ」

信じたわけではない。目の前の正平は、自分と変わらぬ三十男だ。伝説の娘のように、十五、六歳のままではない。ちゃんと齢を喰っている。でも、違和感は消えている。正平が嘘を言っていないからだろう。真偽はともあれ、正平自身はほんとうに自分が一度死んだと信じている。人魚の肉を喰ってよみがえったのを疑わない。だから、違和感は消える。そして、以前からずっと抱いていた、なんで、この人が『古事記伝』を、国学をやるのだろうという不審も消えていた。一度死んだこの人だから、人が想いもつかぬことをやる商売人になったのであり、そして、この人だから、国学をやるのだ。

私が八百比丘尼伝説のことを尋ねてみようと思っている東隣りの国の「心当たり」は藤助と言って、杉瀬村の名主を勤めており、近年の名主の例に洩れず、国学をやる。去年、初めて小曽根村の惣兵衛の紹介で訪ねたとき、なんで、国学なんでしょうね、と訊いたら、「この屋敷、まだ新しいでしょう」と答えた。たしかにまだ、新材の香りが残っていた。

「七年前に建て替えたんです。でも、好きで建て替えたんじゃありません。前の屋敷のときに、一揆で打ち毀しにあったんですよ。それで仕方なく、新しくしたんです」

それが国学とどういう関わりがあるのだろうとは思ったが、とにかく聴いた。

「いや、びっくりしました。まさか、うちが打ち毀しにあうとは夢にも想っていなかったんでね。話には聞いていたけど、打ち毀しにあう家というのは、打ち毀しにあうだけの理由があるんだ、くらいに考えていたんです。だから、自分のこととして考えてはいなかった。うちは金貸しもやってませんからね。いよいよ困った人たちの融通の頼みには応じていましたが、それは名主としての勤めのうちで、金貸しが本業みたいな家とはまるでちがう。なによりも、利子を取っていませんでした。当然、持ち出しだったけど、それが名主だって腹をくっていました。なのに、打ち毀しにあった。一揆勢の怒声に囲まれ、土足で踏み込まれて、家が壊されるなんとも言えぬ音をこの耳で聞いた。寝込みましたよ。ひと月くらい。ここやられてね」

藤助は胸のあたりに手を当てた。

「やりきれなかったのは、うちも金貸しにされていたことです。高利貸しといっしょにされていた。ああ、なんにも見てもらえていなかったんだって、もう、躰の芯から力が抜けました。名主とはいったって同じ百姓ですからね、百姓成立だけを肝に銘じて踏ん張ってきたつもりだったけど、それがね、百姓の側から鍬振るわれるんだから。あらためてね、名主ってなんだろうって、寝込みながら考えましたよ。いつも、侍と百姓の板挟みでね。自分ってものがあるような、ないような。せめぎ合いの擦れ合うところで右往左往している。ほとほと嫌になってね。六十間近にもなって、もう、ぜんぜんちがう処へ行きたいなあ、なんて思うんだけど、ぜんぜんちがう処なんてない。寝込みながらも、これが現実なんだと思ってるわけです。仕方ないんだって。これが唯一の現実で、他に選びようがなく、ここで生きるしかないんだって。農閑期だから寝込んでるけど、水が温みゃあなんだかんだ言って起き出すんだろなとか思ってる。そんなときです。国学を知ったのは。いや、霞が晴れるようでした」

　そういうところから国学を語る人は初めてだった。

「といっても、私が語るのは私の国学です。学者の国学でも、神道の国学でもない。農書を畔(あぜ)に置いて、田んぼを耕す百姓はいませんからね。新知識は大歓迎ですが、そのままでは入れない。自分の田んぼに合わせます。そういう私の国学のなによりの効用は、『これが唯一の現実』ではないのを実感させてくれることです。この現実だけじゃなく、他の現実もあることを信じさせてくれる。国学は古代を讃えますが、古代を讃えるということは、朝廷が治めていた時代を讃えるということです。つまりは、朝廷を讃えているのです。幕府が治める御代(みよ)がずっとつづくのを露ほども疑ったことがなかったのに、あ、朝廷があったんだ、と気づかされた。浮遊感って言うんですかね、他にもあるって悟ったときの突き抜けたような感覚はいまでも鮮明に覚えています。あれで、板挟みの痛みが薄れた。なくなりはしないけれど、もう、ずいぶん小さくなった。言ってみれば、私の国学は膏薬(こうやく)なんです。心に貼る、とびっきり能(よ)く効く膏薬」

「膏薬、ですか」

　言い得て妙だ。

「役人の無理難題に耳を貸しているときもね。これを貼っておくと、あなたたちだってひょっとするとひょっとするかもしれませんよ、と思うことができます。鍵束を握っているのはこっちなんだという気になれるんですね。大事なのはそういうふうに、『他にもある』のを信じられることなので、いま直ぐ、朝廷の政を望んでいるわけじゃあありません。宣長だって、『尊皇敬幕』だったでしょう。天皇を尊び、天皇を支えて世を統べる幕府を敬う……それで、いいんです。幕府だけじゃあないんだ、と実感できるだけで、我々の気持ちの負担はめっぽう軽くなる。ほっとできる。だから、名主はみんな、多少なりとも国学をやりたがるんじゃあないでしょうか」

藤助の国学は名主の国学だが、ただの名主の国学じゃあない。心ならずも打ち毀しにあった名主の国学だ。甚く苦労させられた分、輪郭がくっきりしている。

「あと、躰を動かしやすいのもいいです。どうしようか、と迷ったときに、こうしようと決めやすい。三つの言葉を覚えておくだけでいいんです。『さかしら』『まこと』『すなほ』。これだけです。『さかしら』を排し、嘘偽りのない『まこと』の心を失わずに『すなほ』に生きる、です。たとえば『伊勢物語』ありますよね。あの『源氏物語』より古い『伊勢物語』」

藤助は考証学もやる。得意は『徒然草』と、そして『伊勢物語』だ。

「あの芥川の段で、主人公の昔男は、とうてい手に入りそうもない高貴な女に想いを寄せつづけ、終いには、やっとのことでかっさらいます。夜の闇のなかを逃げつづけ、芥川という川の近くまで来ると、女が草の葉に着いた露を見て、あれはなに？　と問いかけた。宮廷しか知らぬ女は夜露など見たこともなく、真珠と見まちがえたというんですね。でも、行き先はまだ遠く、夜も更けて、おまけに雨がひどくなって雷まで鳴っているので、昔男は問いには答えずに、見つけた蔵の奥に女を匿って、自分は弓と矢入れを背負って戸口に立ちつづけます。でも、その蔵には鬼が棲んでいて、女を襲う。女は『あなや』と声を上げたけど、雷鳴で男の耳には届かず、ひと口で鬼に喰われてしまいます。ようやく夜が明けて、蔵の奥へ行くと、女の姿はない。茫然となった男は、こんなことになるなら、女があれはなに？　と問うたとき、あれは露ですとちゃんと答えて、露みたいにはかなく消えてしまえばよかったと、地団駄を踏んで泣きじゃくるのです」

人気の『伊勢物語』のなかでも、とりわけ人気なのが芥川の段だ。

「あれは、後悔譚のようですが、はたしてそうか……。『さかしら』に考えれば、女を奪って逃げなかったほうがよかったに決まっています。でも、そうやって気持ちを押し殺し、遠くから眺めやるだけで老いていったら、そのほうがむしろ後悔が深かったのではないか。たとえ悲劇に終わったとしても、男は己れを偽らずに女への『まこと』を貫き、『すなほ』にかっさらった。人生で、動くべき価値があると信じられることをひとつ、男はたしかにやったと思いませんか」

だから、芥川は人気なのだろう。そうしたいけれど、そうできない者たちが、こぞって丁をめくる。

「学者の国学や神道の国学では、『さかしら』『まこと』『すなほ』の三つの言葉が出てくる前に、いろいろなことが説かれます。古代の日本人は人間らしさをありのままに表して、正直正路に生きていたとか、なのに、いまの日本人が人間らしさを失ったのは、もともと日本のものではない儒学と仏教の無理な教導のせいだとか、さらに進めて、だから、儒仏を排して、本来の日本人のおおらかな精神を取り戻そう、とか。でも、そういう難しいことは、正直、よくわからない。もっと人間らしく生きていたって言われたって、こっちから見に行くわけにもいかない。だから、そういうのは学者の国学や神道の国学に任せておいて、我々は、『これが唯一の現実』ではないのをいつも感じて、『さかしら』『まこと』『すなほ』で動けばいい」

「簡単ですね」

「簡単が大事です。簡単じゃないと、考え込まなきゃならない。とっさに動けない。つまりは使えない。とはいえ、いつも感じるとなると、ふだんはなんにもしなくていいというわけにはいかない。たまに感じるならともかく、『これが唯一の現実』ではないのをいつも感じようとするなら、やはり、古典を読むのを習慣にするとかいったことが必要になるのではないでしょうか。つまり、幕府ではないなにものかの存在に、日頃から親しんでおくということです」

「『群書類従』もその手がかりですか」

「ええ、がんばりました。まだ、届いていませんけどね」

『群書類従』は三年前の文政二年に成った国学、国史の一大叢書である。編者は塙保己一。国学の文献研究の流れを継承する第一の学者だ。幼少の頃から見えなかった目を、この人は学問ができぬ言い訳にしなかった。むしろ、力にして文献研究に励み、四十三年前の安永八年、古書の散逸を防ぐために、『群書類従』の刊行を決意する。限定の予定にもかかわらず写本ではなく、板木による板行に踏み切ったのは、二十九年前の寛政五年。それからさらに二十七年の歳月をかけて、ついに文政二年、千二百七十七種、五百三十巻、実に六百六十六冊の『群書類従』を完成させた。上代は聞いていないが、おそらく五十両近くにはなるだろう。いかに名主の家とはいえ、おいそれと手を出せる額ではない。藤助の国学は簡単だが、簡易ではない。

「届いたら、ぜひ、見に来てください」

「もちろんです。こちらこそ、ぜひ、呼んでください。まだ、目にしていないんです。なんとしても六百六十六冊が勢ぞろいしている様を目に焼きつけたい」

本屋のくせにきっちりした値段を知らず、まだ見たこともないのは、『群書類従』が自費で世に出すいわゆる私家版で、本屋では扱えないからだ。欲しい者は直に塙家に予約を入れる仕組みになっている。一刻も早く目にしたかったが、さすがに、売り物ではない本に五十両叩くわけにはいかないし、店の得意にも購入した者はいない。ならば、と小曾根村の名主の惣兵衛に水を向けてみた。

惣兵衛とは、この初夏、『芥子園画伝』という画譜の絡みでひと悶着あったことで、逆に関わりが深まった。あれ以来、私が行商で立ち寄ると、待っていた様子を隠さずに迎えてくれる。私はといえば、本屋と得意という、互いの立ち位置は踏み外さぬように自戒しているが、売り物ではない『群書類従』ならば薦めやすい。けれど、返ってきた答は「私は国学界隈は遠慮しときます」というもので、結局、藤助から呼び出しがかかるのをいまかいまかと待っていた。ようやく招待の便りがあったのが先月だ。いっとう最初に誰に披露するか、ずっと考えを練ってきたのだが、最初の一人となると、誰を選んでも差し障りが生ずるのは免れず、考えあぐねて、ひとまず本屋の私を露払いにすることにしたようだ。露払いでもなんでも、私は『群書類従』と対面できるのがただただ嬉しく、まして一番乗りとあって、気持ちが逸(はや)った。

行商のついでに藤助の屋敷に寄るのでは『群書類従』に失礼に当たるので、売り物の本は携えていかない。訪問はひとえに、まだ目にしていない『群書類従』との対面を実現するためである。他に用件があるとしたら、国学をやる米粉屋の正平から尋ねられた、八百比丘尼伝説くらいだ。

通常ならば、八百比丘尼伝説のほうは、「この土地の者は、そんな荒唐無稽な話に付き合ったりしませんよ」とでも答えられたらそれでお仕舞いになる類の話なのだが、今回に限っては、おざなりで済ますわけにはいかない。この八百比丘尼伝説は、正平が一度死んで、そして人魚の肉で生き返った話を呑(の)んでいる八百比丘尼伝説だ。『群書類従』談義を終えたら、ついで、ではなく、きちんと尋ねなければならない。

それに、〝一度死んで人魚の肉を喰ってよみがえった米粉屋の国学〟は〝心ならずも打ち毀しにあった名主の国学〟と、どこかで通じている気がする。

当代の学問は、身を修めるための手がかりとしてある。正しく身を修めるためにはどうすべきか……あらゆる学問が、その一点に向けて組まれている。

国学が嫌う既成の儒教や仏教は、身分の枠内で身を修めろと導く。百姓も学問をするのはよいが、それはあくまで良い百姓になるためであって、学問しすぎないように注意しなければならないと自制を促す。

そのように教導されて、うまく運んでいるはずの村々で、続々と潰れ百姓が生まれ、耕す人のない手余り地が広がり、残った百姓はいよいよ疲弊して、人知れず間引きが行われる。

そうして一度死んだ正平にとって、嘘偽りのない『まこと』とは、『良い百姓になる』ことではなかろう。

『まこと』の心で百姓を拒み、百姓を憎み、『すなほ』にカネ儲けの道を邁進しているのだろう。

それは間引かれて死んだ記憶を断ち切ることができぬ正平が、死を忘れることができる唯一の道だ。

だから、『まこと』で『すなほ』でよいのだと、『さかしら』に百姓で身を立てずともよいのだと、『古事記伝』を読むのだろう。

正平にとって、きっと国学は護符なのだろうが、藤助にとっても、それは変わるまい。

『この現実』とはちがう現実に常に触れることで、一揆の折り、あるいは自分に振り下ろされていたかもしれない鍬の刃を、忘れているのだ。

杉瀬村の藤助を訪ねる日の空は、正平が来店した日と打って変わってからりと晴れ上がって、私はほっとした。

東隣りの国へはこれまで片手で数えられるくらいしか行っていないのに、霧で遭難しかけたことがあるからだ。

この国と東隣りの国との国境（くにざかい）には峠がある。峠とはいってもお椀を伏せたような地形の草地のてっぺんで、遭難につながる危うさなど微塵（みじん）も感じさせない。

晴れていれば、いかにも長閑（のどか）で、多くの旅人がそこで腰を下ろし、弁当を広げる。とりどりの花を愛（め）でて春の到来を楽しむ、春山入りの名所でもある。けれど、どういうわけか霧が出やすく、そして霧が出ると長閑はかき消える。

お椀を伏せたような草地ということは、いったん視界が閉ざされると、四方八方どの方角へも下りてしまう恐れがあるということだ。その日の私がそうだった。てっぺんで、自分でつくった握り飯を頬張っているうちに霧が出始めた。あれよあれよという間に、腕の先の握り飯さえ霞みそうになる。私もけっこう町暮らしが長くなって、山での処し方が躰から抜けており、慌てて立ち上がって緩（ゆる）やかな坂を下ってしまった。

路をまちがえたのはほどなくわかった。八町と歩かぬうちに、突然、行く手を森に塞がれてしまったからだ。森は正しい路の両脇に広がる。急いで足を動かすうちに、右だか左だかに逸れたのだろう。

霧の壁を裂いてぬっと現れた森を認めた私は動転しかけた。その森には狼がいると耳にしていたからだ。山仕事で入る人が襲われるのは珍しくなく、時々、狼狩りが行われるらしい。私は落ち着け落ち着けと己れに言い聞かせながら後ずさりをし、数歩下がってから踵を返して足を大きく動かした。

山の頂きからの下りで、路を失ったときの鉄則だけは覚えていた。いったん頂きへ上り返して、あらためて正しい路を探すのだ。とにかく、さっきいた峠へ戻るべく斜面を登った。でも、峠はお椀を伏せたようななだらかな草地の上にある。急な山の頂きならばはっきりするてっぺんがはっきりしない。それでも、ひたすら足の裏に気を集めて歩き回り、峠と思しき場処に立った。私が完全に、自分がどこにいるのかがわからなくなったのは、その直ぐあとだった。

てっぺんだと思って胸を撫で下ろしたら、そこは踊り場のような場処らしく、まだ上りがあった。霧に包まれる前の私の記憶には、踊り場なんぞなかった。峠ではないのを察した私は、自分がそもそものあたりの地形をちゃんと摑んでいないのを悟らなければならなかった。半刻ほどか、一刻か、濃霧のなかをさまよい歩いた私に残された手立ては、霧が晴れるのを待つことしかなく、ゆっくりと腰を下ろした。

どのくらい、そうしていたのだろう。組んだ腕に預けていた顔を上げたのは、背後に生き物の気配を感じたからだった。

霧にすっぽり埋もれているせいなのか、背中がやたら敏くなっていて、まるでそいつが見えるようだ。

人ではない。

四つ足だ。

けっこう大きい。

こっちを見ている。

両の瞳が私の背中を捉えているのがわかる。

もう、直ぐ近くだ。

吐く息が届きそうなほどに。

そうだ。

さっき、森と遭遇したばかりだ。

奴だ。

狼だ。

狼、でないはずがない。

次の瞬間には、牙が首筋に突き刺さるのかもしれない。

でも、折った膝は伸びようとしない。

逃げなければいけないと思っているのに逃げる決断がつかない。

躰も、そして頭も、居着いてしまっているのだろう。

どれだけ固まりつづけていたのか、まったく思い出せぬのだが、おそらくは一瞬だったのだろう。

気づくと、そいつは私の前に回っていた。といっても、白い霧の合間に、尻尾なのだろう、灰とも茶ともつかぬ色がうっすらと覗いただけだ。

でも、わかる。

こいつは狼だ。

狐でも、犬でもない。

太くて大きい、狼の尻尾だ。

なんで、こっちに尻尾を向けているのだろう。

なんで顔を突きつけて牙を剝かないのだろう。

満腹なのか。

兎を平らげたばかりか。

俺に用はないか。

ならば、目の前にじっとしていないで、さっさと行ったらどうだ。

私はゆっくりと立ち上がった。

霧が揺らいで、背中らしき色が見えた。

私が立つのを待っていたかのように、色はゆっくりと前へ進む。

私は追った。

逃げずに追った。

怖くないのが怖かった。

ほんとうは自分はとっくに喉を嚙み切られていて、死んでいるのかもしれない。

だから、こうして、なんでもないように狼の背中を追っているのかもしれない。

こいつは俺を三途(さんず)の川へ連れて行こうとしているのだろうか。

閻魔(えんま)の使いというわけか。

だから、牙を剝かぬのか。

私は妙に納得した。

やはり、死んだんだと思った。

でも、私は死んでいなかった。

ずいぶんな時が経って、不意に背中の色が消え、足を止めると、すっと霧が引いて、私は私が三途の川ではなく、東隣りの国の、着くべき場処に着いているのを認めた。

その話はまだ誰にも語っていない。

それは犬だよ、と言われるに決まっているからだ。

犬、と言われてはいけない。

座興に捧げてはならない。

狼に非礼を働いてはならないし、だからといって、頼ってもいけない。

次、を当てにしてはならない。

そういう、世慣れた話にしてはならない。

それは麓に降り立った私の裡にひとりでに生まれた感情だったが、〝一度死んで人魚の肉を喰ってよみがえった米粉屋〟の話を聴いてからは、禁忌のようなものになりつつある。

私は遭難したが、無事だった。

生きて還った。

でも、ほんとうに、私は生きつづけたのだろうか。

狼と出逢う前の私と、狼と出逢ったあとの私は、ほんとうに同じ私か。

正平が一度死んで生き返ったのなら、私もあのとき、一度死んで生き返ったとは言えないか。

狼の尻尾を見てゆっくりと立ち上がった私は実は幽体で、その前に咬み殺されていたのではなかろうか。だから霊が、閻魔の使いの狼につき従ったのではないか。

おそらくは、奴が背後から前に回った、と一瞬感じたときだ。

あのとき、牙は首に埋め込まれた。

そして、霊が狼の背を追っているあいだに、残された骸(むくろ)の口に、何者かが一片の人魚の肉を差し伸べたのだ。

それを私は、正平のようには信じていない。

けれど、あの話に雑に触(さわ)ることに、怖気(おぞけ)を覚えるほどには信じている。

以来、私は峠を越えなくてはならないときは、霧の出る季節を避け、霧の出る日を避けた。

峠でいっとう霧が出にくいのは、冬の、晴天がつづいている日だ。

藤助を訪ねる日は絶好だった。

からからに乾いた陽気で、空のどこにも水粒(みつぼ)の気配はなく、峠に立つと麓の風景がくっきりと見て取れた。

念のために、午(ひる)も取らずに下る。

路をしっかり目でたしかめて、一歩一歩、急がず、着実に足を送る。

あの日以来、山歩きには慎重になっている。霧は心配なくとも、足を傷めて立ち往生してはならない。

でも、その路を嘗(な)める日が捉えたのだ。

突如、心配ないはずの霧が這(は)い出すのを。

霧はあの日と同じように、あっという間にお椀を包む。

なんてこった。

私は立ち尽くして、声に出した。

大きく息をついてから、この前の轍（てつ）を踏まぬよう、直ぐさまその場に腰を下ろす。

狼は待たない。

とにかく、霧が引くように念じる。

と、早々に、背中が感応する。

狼、か。

いくらなんでも早すぎないか。

期待と落胆が綯（な）い交（ま）ぜになる。

でも、ちがう。

四つ足ではない。

二本足だ。

足取りが柔らかくて軽い。

女、だ。

若い女。

届く匂いが若い。

私はゆっくりと立ち上がる。

その直ぐ脇を女が通り抜けようとする。

霧はまだ深いのに、迷っている素振りはない。

明きらかに、目指す場所へ真っ直ぐに向かっている者の歩み方だ。

「あの、もし」

そのたしかさに釣られて、私は思わず声を掛けた。

そのとき、ふわっと霧が流れて、振り向いた女の顔が浮かび上がる。

美しい。

この世のものとも思えぬほど。

そうだ。

『伊勢物語』芥川の段の、昔男にかっさらわれた高貴な女のようだ。

草の葉に着いた露を見て、あれはなに？　と問うてきそうだ。

「見えるの？」

女はきょとんとした顔で言う。

自分が見えるのかと問うているのだろう。

見える。

霧が流れているいまなら見える。

師走なのに、なぜか霧と似た色の夏紬（なつつむぎ）を着けているのがわかるし、手にしている本の題字まで見える。

『霞関集』とある。

私はその本を知らぬが、体裁からして和歌集か。

読みは、かすみがせきしゅう、か、かかんしゅう、か。

でも、題字は直ぐに消える。

霧が戻ったのだ。

「本の匂いがする」

見えなくなった女が言う。

見えなくなったけれど、女はまだ居る。

目の前に立っている。

そして、今日は本を背負っていないのに、本の匂いがすると言う。

「本屋なんです」

女の言葉に助けられて私は言う。

「東隣りの国のお客様のところへ伺う途中なのですが、この霧で往生してしまって……」

もしも、「本の匂いがする」と言ってくれなかったら、私は気後れして唇を動かせなかっただろう。

「もしも、貴女がこれから東隣りの国へ行かれるなら、あとを付いていくことをお赦し願えませんか」

「ああ……」

見えぬが、女は思案している風だ。

「いいけど……」

ぽつりと女は言う。

「怖いの」

それは怖いだろう。

伸ばした手の先が見えぬほどの濃い霧のなかで、見ず知らずの男があとを付けてくるというのだ。

おまけに、女は若くてとびっきり美しいときている。

当人がそうと思っているかどうかはともあれ、周りの男たちの様子で、己れの容姿を意識させられざるをえまい。

この女なら、そういう時をずっと重ねてきたはずだ。

「それは怖いでしょうね」

私はそう返すしかなかった。

『伊勢物語』芥川の段なら、ひと口で鬼に喰われてしまう女だ。

悲鳴までもが美しい、「あなや」の声が聴こえてきそうだ。

ならば、ああしたらとか、こうしたらとか、そういう文句は浮かんでこない。

なにをどうしたって、女の怖い想いを消し去るのは無理だ。

「たいへん失礼申し上げました。どうぞ、往(ゆ)かれてください」

私は言った。

「そういうことじゃあないの」

でも、女は返す。

「あなたが怖いんじゃなくて……」

直ぐにつづけた。

「怖いのは、わたしなの」

意味がつかめない。

「わたしは鬼に喰われたと思っていたけど、わたしが喰ったかもしれないの」

わたしが喰った……。

誰を？

鬼を？

「それでもいい？」

藪(やぶ)から棒だ。

もしも明かるい陽の下だったら、いかにも面妖(めんよう)なやりとりだっただろう。

でも、濃い霧のなかでは少しもおかしくなかった。

むしろ、そういう言葉こそが合っている気がして、私は即座に「お願いいたします」と答えていた。

「でも、あなたにはわたしの背中が見えないわよね」

女は言った。

「たしかに、そうですね」

三尺先が見えぬ。

「待ってね」

言うと、女は袂(たもと)からなにかを取り出している風になった。

「これを持って」

霧を割いて、女の手が寄せてくる。

見れば、白くて細い指が握っているのは糸だ。

太めの朱色の糸。

「綴糸ですか」

本屋だからわかる。

本を綴じるための糸だ。

朱の色が女らしく、場ちがいに笑みが洩れる。

ただの朱ではなく独特で、そんな色を見たことがない。

きっと注文で、染めさせた品かもしれぬ。

「そう、しっかり持って」

意図はわかった。

互いが糸の端を手にして、張り気味にして歩んでいく。

これなら、濃霧のなかでも、はぐれることはない。

「行くけど？」

「お願いします」

綴糸だから簡単には切れまいが、緩ませて木の枝とかに引っかけたらわからない。

私は心して足を踏み出した。

でも、緊張は直ぐに解けた。

初めての相手との、初めてのことだ。ぎくしゃくして当たり前なのに、綴糸の張り具合はいきなり絶妙だった。

焦れたりすることがまるでなく、足を送るほどに、一つになっているのを感じる。

鬼を喰ったかもしれぬ女との、密な霧のなかでの綴糸でつながった道行きは、とても満ち足りていた。

いっとう美しい齢頃を生きる女の匂いが、霧のひと粒ひと粒に伝わって押し寄せ、私はいつまでもこの時がつづいてくれたらいいと思っていた。

けれど、僥倖(ぎょうこう)は、突然、終わった。

まだ、いくらも歩いていないはずなのに、不意に手にしている綴糸から張りが失われて、向こうの端が地に落ちたのが伝わった。

足を止めると直ぐに霧が晴れて、私は私が、この前、狼に導かれた場処に立っているのを認めなければならなかった。

私は丁寧に、持ち主を失った朱色の綴糸を巻いた。

女の手にしていた綴糸の端が、泣きじゃくりたいほどに愛おしかった。


「最初は、一巻だけを頼むつもりだったのですよ」

『群書類従』六百六十六冊を収めるためだけに普請(ふしん)した木の香も新しい座敷で、藤助は言った。

「一巻だけ……?」

「『渋柿(しぶがき)』です」

「ああ」

そういう書物があることは知っている。けれど、目にしたことはない。

「兼好(けんこう)法師は自分が出家したくせに、僧侶には手厳しい。『徒然草』も例外ではありません。

まず、良いことは書いていない」

藤助、得意の『徒然草』だ。『徒然草』を語り出すと止まらないと聞いているが、今日はどうなのだろう。

「でも、ただ一人、明恵上人だけは好ましい人物として描かれています。それはなぜかを探るうちに、『明恵上人伝』を収めた『渋柿』にたどり着きましたが、どうしても手に入らない。そこへ『群書類従』の話を耳にしたので、期待を持ちすぎないようにして収録の一覧を追ったら、巻四百七十五に『渋柿』があったというわけです」

「出会い、ですね」

本は出会いだ。蔵書は出会いの喜びの記憶でもある。

「出会いです。でも、ほんとうの出会いはそのあとにやってきました」

茶を含んでから、藤助はつづけた。

「小曽根村の惣兵衛さんは秋が終わろうとする山中で、はぐれて震えていた仔猫を見つけましたね」

去年は、購入に至った経緯までは知らされていない。今回は、それをじっくり聴く。

「ヤマ、ですか」

本好きにはそれが、なによりの耳福だ。

「そう、ヤマ。そのヤマを懐に入れて連れ帰った」

「そうでしたね」

あのお婆ちゃんは相変わらず元気だ。でかいツラも変わらない。

「収録一覧のなかに『渋柿』を見つけて、私は狂喜した。それで、目的は遂げられたはずでした。でも、私の目は一覧から離れようとしません。そのなかに、ヤマのような猫がいっぱいいたからです」

「ええ」

よおく伝わる。

「猫だけではありません。虎もいれば、鷲もいる。鼠だっている。いろいろいます。いろいろだけど、どれにも共通しているのは、連れて帰らなければ、いずれは息絶えてしまうだろうということです」

私は深くうなずいた。

「で、こういうことになりました」

藤助は首だけ巡らせて、書架いっぱいに収まった、六百六十六の出会いに目をやった。

『群書類従』はそういう書物である。本の中身はちがえど、放っておけばこの世から消えてしまうことだけは変わらぬ著作を、まとめて受け容れる。

私は『偉大』という言葉が大嫌いだけれど、『群書類従』は偉大だ。ひっそりと偉大である。だから、目に焼きつけておきたかった。猫や虎や鷲や鼠が共にいる様を、目に焼きつけておきたかった。

「どうぞ、手に取ってみてください」

　顔を書架から戻して、藤助が言う。

「『梁塵秘抄』は何巻でしょう？」

　私は問う。手にさせてもらうなら一冊だけと決めていた。『群書類従』は六百六十六冊で『群書類従』である。今日は六百六十六冊を目に焼きつけに来た。私はもう十分に、堪能させてもらっている。耳福であり、眼福である。丁をめくるのは一冊でよい。

「巻三百五十二です」

　藤助は即座に答えて、つづけた。

「『梁塵秘抄口伝集』の巻十、一冊だけですが、よろしいですか」

「けっこうです」

　本来ならば、『梁塵秘抄』は後白河院の撰による、二十巻の今様集だ。が、そういう書物があったと伝えられるだけで、実物は逸失している。いま目にできるのは、『群書類従』に収められた口伝集の巻十のみである。だから、私は手にする一冊に、『梁塵秘抄』を選んだ。

「『和歌部』には入らないだろうから、『物語部』か、あるいは『遊戯部』かと想っていました」

　藤助は言う。『群書類従』は収める書籍を二十五の部に分類する。

「そうしたら、どちらも外れで、『管弦部』に入っていました」

今様は和歌ではなく歌謡だ。それも、操り人形を使う芸能者の、傀儡女らによって伝えられてきた歌謡である。天皇家が統べる日本を頑なに守ろうとした平安最後の牙城、後白河院は、いまは絶えて知る人もないこの今様をこよなく愛し、遊び女ともされる傀儡女たちと深く交わった。口伝集の巻十にはその交流ぶりが書かれている。今様を見る限り、平安の日本はたしかにおおらかで、人間らしかった。

「あのあたりです」

藤助は片手を掲げて『管弦部』の在処を示し、その手で、どうぞ、という仕草をした。

「私が取り出してよろしいのでしょうか」

一冊、手渡されるのと、自分で書架から見つけ出すのとでは、本との関わりの密度がちがってくる。

「もちろんです」

私は格別の厚意に甘え、巻三百五十二をみずから手にした。

「なんでしたら、お貸しします」

丁に目を落とし、傀儡女たちの声に耳を傾けていると、藤助が言った。

「何冊か、持って帰っていただいて構いません」

「とんでもありません」

私は顔を上げ、即座に答えた。

「松月堂さんなら、けっこうですよ」

「いえいえ」

再び断わって、つづけた。

「六百六十六冊の一冊が欠けても、『群書類従』ではなくなってしまいます。鼠一匹いなくなっても、もはや『群書類従』ではないのです。もしも事故があったとしたら、弁償して済むものではない。『群書類従』は限定二百部でしたね」

「そうでした」

「御厚意だけ頂戴させてください。手に取らせていただきたいときは、また、あらためて伺います」

「ご迷惑になってはいけませんね」

素直に引いてから、藤助はつづけた。

「どうしようかと思っているのです」

「『群書類従』をですか」

「ええ、これだけの叢書です。私が独り占めしていてよいはずがありません。とはいえ、松月堂さんが言われるように、六百六十六冊の一冊が欠けても、『群書類従』ではなくなってしまう。広く役立ててほしいものの、開放するとなると慎重にならざるをえません。それに、昨年亡くなった塙保己一先生の四十一年にわたる労苦に敬意を表するためにも、利用する方には、この叢書の価値を十分に理解した上で各巻と向き合っていただきたい。もしも、ぞんざいに扱われているのを目にでもしたら、老いたとはいえ我慢が利(き)かぬでしょう」

「おっしゃるとおりですね」

私も本を邪険に扱う者には穏やかではいられない。度が過ぎれば、血が上る。いつか、それが元で、取り返しのつかぬことにならぬよう、自戒しているところだ。

「あれこれと考えてはいるのですが、考えるばかりで、これはという策が出てきません。思い余って、国学をやる名主のなかでは話が通じなくもない者に話したら、『さかしら』であると詰(なじ)られました」

「そこで『さかしら』ですか」

「ええ、誰にもらったのでもない。自分のカネを大枚はたいて手に入れたんだ。独り占めして悦に入っていればいい。『群書類従』を肴(さかな)に呑んだっていい。飽きたら焚火(たきび)にしたっていい。それを、みんなに役立ててほしいなどと、きれいごとを言うのは『さかしら』以外のなにものでもないというわけです」

「なるほど」

「話した私が馬鹿でした。ま、焦らず考えます。松月堂さんにも意見をいただけたらありがたいです」

「そうですね」

『さかしら』と詰った名主の話も、怪しからぬようでいて、奥行きを感じなくもない。私は店に戻ったら落ち着いて検めたいと感じていた。

「考えておきます。宿題にさせてください」

それからも私たちは、猫を虎を鷲を鼠を語りつづけた。『作庭記』を語り、『御評定着座次第』を語り、『朗詠百首』を語った。

本好きだけが入り込める、至福の時を存分に味わって、最後に、私は切り上げる話のつもりで八百比丘尼伝説を持ち出した。

知人から、この国では八百比丘尼伝説に触れたがらない人が多いと聞かされたのですが、そんなことがあるでしょうか、と。

途端に、藤助の顔色が変わり、腕を組んで、唇が動かなくなった。


「五十二年前のことです」

飲み頃の茶が人肌になるほどの時が経った頃、藤助の開かなかった口が開いた。

「この国を治める藩が変わりました」

藤助は断わらなかったが、私は長い話を聴く気持ちの備えをした。

「国替えではありません。それまでの藩が、御取潰し(とりつぶ)になったのです。当時の私と同じ十四歳の御藩主だったので、よく覚えているのですが、参勤交代の旅の途上で、突然、亡くなられました。心の臓へ向かう血が滞(とどこお)ったようです。不幸なことに、御藩主の他に、御家の血筋を引く御方はいらっしゃいませんでした」

「十四歳、ですか」

十四歳では、没後の養子は認められない。認められるのは、十七歳を越えてからだ。御家は断絶になる。

「で、絶家(ぜっけ)を余儀なくされたのですが、その藩というのが、ちょっとありえぬくらいの良い藩でした。どうして、あれほど領民の側に立った政ができたのか、いまでも不思議でなりません」

「それほどですか」

わるい藩の話ならいくらでも耳に入る。しかし、良い藩の話など聞いた例(ためし)がない。

「午飯(ひるめし)を共にするくらいなら良い人間だが、いっしょに仕事をしてみるととんでもない奴だった、という例はよくあると思われませんか」

「まさしく」

人は重石(おもし)がかかったときに、地が露(あら)わになる。私も痛い目に遭ったことが一度ではなくある。

「絶家で御取潰しというのは、まさに、地が赤裸になる事態だと思うのです。どんなに善政を敷いていた藩でも、これで仕舞いとなれば、火事場泥棒ではありませんが、なりふり構わず己れらだけのことを考えて振る舞うようになる。そういうものでしょう」

「その藩は、そうではなかったのですか」

「まったくちがいます。わかりやすいのは、洪水に備えるための川普請でしょう。申すまでもなく、川普請には大量の資金が要ります。御取潰しとなれば、途中で放り投げて、召し放ちで禄を失う自分らでそのカネを分け合おうとするのがふつうでしょう。ところが、その藩はいまの藩に引き継ぐぎりぎりまで、普請をつづけたのです。さすがに、完了には至りませんでしたが、あらかたでき上がっていました。私らはいまでも一帯の堤を、その藩の名前を付けて呼んでいます。むろん、正式の名前ではありませんがね」

「他にも?」

「極めつけは藩札です」

「藩札ですか」

藩札がこの手の話に出てくるだけで凄い。

「いまはどこの藩も、藩札を回して正貨の不足を補っています。通貨の回る量が小さいと、国全体の商いが縮こまってしまう。それをわかって、藩札を刷っている。逃げの藩札ではなく攻めの藩札です。とはいえ、どんな藩札であろうと、発行元がなくなるとなれば、正貨との交換が停止されて紙屑となるのは必定です。我々も半ばあきらめていました。ところが、その藩はなんと、臨時の交換所を設けてまで正貨との交換に応じたのです」

「尋常ではありませんね」

「そうでしょう。逆に、呆れ返りました。さすがに、額面通りではありません。しかし、七分です。額面の七分で交換したのです。潰れていない藩だって、藩札の実勢の値が七分を切るのはざらです。交換となれば五分、四分になる。なのに、もう先を考えずともよい藩が七分交換です。もうね、その藩への領民の信頼は高まるばかりで、絶家を惜しむ声が国中に広がりました。そして、そうした領民の気持ちは、家禄を失った藩士を迎え入れるという形で表われ出たのです」

「迎え入れる……」

「この家にも二名、来ていただきました。書役として、仕事をしていただいたのです。名主の家というのは、とにかく文書をたくさん作って、たくさん保管します。武家の仕事ぶりは、前例、先例がすべてだからです。寄り合う相手の武家が我々の主張に難色を示しても、前例の文書を取り出して、これこの通り実績がありますと迫れば、ほぼ通ります。前例を否定することは、前任者を否定することになりますから、武家の社会では法度なのです。そのように、良い名主というのは文書蔵がよく整っている名主を指す、とされるほどなので、書役になっていただければ助かります。いっぽう、元藩士の方々も、それだけ手塩にかけた土地ですから、この国に愛着を持っておられて、帰農される方々も少なくありませんでした。ですから、ひところは、名主の家に元藩士の姿を見かけないほうが珍しかったほどです」

そこまで語ってから、藤助は女中を呼んで茶を淹れ替えさせた。

「名は伏せますが、私のよく知る名主の屋敷にも、元藩士の方が書役として詰めておられました」

なぜか、空の茶碗に手を伸ばそうとして、引っこめる。藤助は間が欲しいようだった。これからが本題なのかもしれない。

「でも、その方……ずっと、その方では具合がわるいので、村の名を借りて杉瀬様とでも呼ぶことにしましょうか……杉瀬様は他の元藩士の方々とはちょっとちがっていました。まず、毛並みがよかった。我々百姓が日頃お付き合いするお武家様は、ほぼ郡役所の方々です。いわゆる地方で、御藩主には御目通りできぬ御目見以下がほとんどです。ところが、杉瀬様は御目見以上で、上級武家の嗣子が集まる馬廻役の番士でした。齢は二十五歳で、上背があり、眉目秀麗。剣を取れば一刀流系の目録です」

「非の打ち処がない、というやつですね」

「ええ、その上、杉瀬様はもうひとつ、抜きん出たものを備えておられました」

「抜きん出たもの？」

「和歌です」

「ほお」

「実は杉瀬様は二十一のときからずっと江戸詰めでした。そして、当時の幕臣のあいだでは、中世歌学の道統を継承する堂上和歌に励む者が広がっていたのです」

賀茂真淵が『歌意考』を世に問うた頃だ。新風へ向かおうとする世の流れには逆らっている。

「それに先立って、京都の宮廷では、天皇廷臣一体となった和歌への取り組みが、かつてなかったほど旺盛に展開されていました」

後水尾院から霊元院への頃だろう。江戸期宮廷歌壇の、絶頂期だ。

「その渦のなかで優れた指導者が育ち、江戸に影響を及ぼして、江戸堂上派とでも言うべき一派を形成させていたのです」

歌道師範家との縁が深い武者小路家からは実陰、公野父子が、冷泉家からは為村が出た。彼らは、江戸者への指導に力を注いだことでも特筆される。為村などは導き方も見事だったらしい。

「勢いづく江戸堂上派は幕臣だけでなく、各国の江戸詰め藩士をも巻き込んでゆきます。もう、お察しと思いますが、そのなかの一人として、杉瀬様もいらしたというわけです」

新しい急須が運ばれ、二つの茶碗に茶が注がれる。

「ここからは話が多少速まります」

湯気の立つ茶碗を傾けてから、藤助はつづけた。

「その杉瀬様が詰める名主の屋敷には、十九になる一人娘がおりました。それは美しい娘です」

思わず私は、霧のなかで出会った、朱色の綴糸の女を思い浮かべた。鬼に喰われたと思っていたけど、もしかしたら鬼を喰ったかもしれない女。

「そして、その娘は、和歌を学んでおりました。おりましたが、この地ではなかなか良き師に恵まれず、悶々とした日々を送っておりました。そういう娘と、江戸仕込みの和歌をやる杉瀬様が、ひとつ屋根の下で時を送ることになったのです」

それが八百比丘尼伝説とどう関わるのかは皆目わからなかったが、話は話で興味深く、私は耳に気を集めた。

「二人がどうなるかは自明に映りました。けれど、歌風のちがいのせいか、距離は縮まりませんでした。娘はいわゆる新風を目指していました。道統の枷(かせ)に縛られない、生き生きとした歌です。伝統の和歌では禁じられた俗意俗言(ぞくいぞくげん)も、自由に使いました。いっぽう、杉瀬様は正風体(しょうふうてい)ひと筋です。伝統に則(のっと)った作風を、一歩たりとも出ようとしません。なにしろ、正風体を享受継承していくことこそが和歌である、という考え方を固く守ろうとするお方なので、それも当然なのです」

「いい歌か否かだけで見ると、どうなのでしょう」

「杉瀬様の歌ですか」

「ええ」

「これは杉瀬様だけに限らぬのですが、伝統和歌につながろうとする方の多くは、堂上歌人なら誰もが心得ている約束事を自分もまた心得ていることをことさらに示そうとします。その示威があらかたで、あとはちょこちょこっと自分の企みを紛れ込ませる。その結果、いかにも巧んだ、ちまちましい和歌になってしまいがちです。杉瀬様の和歌も、まさしくそういう和歌なのですが、だから、いけないとは言い切れぬのが、和歌の難しいところなのです。おそらく、杉瀬様はそういう和歌を目指していたのだろうし、周りにいる江戸堂上派の方々も、そういう和歌こそ範とすべきと見なしていたのかもしれません。それが証拠に、新たにこの国を治めることになった藩内でも、歌人としての杉瀬様への評価は高かったのです。そして、そのことが、娘と杉瀬様に災いをもたらす、原因にもなってしまいました」

「先をお聴きするしかなさそうですね」

「歌風のちがいがつくる溝は大きそうに見えました。しかし、気づいてみると、いつの間にか跡形もなく消えていました。それはそうでしょう。広い名主の屋敷とはいえ、若い男女が共に暮らしているのです。おまけに、二人ともめっぽう姿形に恵まれているときている。男であり、女であることの前では、和歌といえども、駿馬の疾る路に倒れかかった笹のひと枝にすぎません。二人の仲はみるみる縮まり、杉瀬様が婿入りするところまで話が進みました」

きっと、歌風のちがいは、甘味を引き出すための、ひとつまみの塩のようなものだったのだろう。

「当時、娘の父親の名主は病気がちで、娘と家の行く末を案じておりました。もう、あまり時はないと感じていたので、杉瀬様が養子に入ってくれれば願ったりです。もともと武家を出自とする家です。口にこそ出しませんでしたが、待望していたことでしょう。いっぽう、杉瀬様のほうは次男なので、その点では問題なかったのですが、やはり、元々が武家の名家ということで、農家への婿入りとなるとすんなりとはゆきません。それでも、実際は決まったようなもので、周りも、当人たちも、すっかりそのつもりになって日々を送っていたのです」

「それが、そうはならなくなった」

「ええ、そこには、いましがた申したように、和歌が関わります」

ひとつ息をついてから、藤助はつづけた。

「ある日、杉瀬様に、新たな藩の家老から、顔合わせをしたい旨の書状が届きました」

「家老から?」

「その家老も和歌をやっていたのです。しかも、同じ堂上和歌でした」

「ああ」

「和歌の縁というのは、すこぶる強いです。結びつくはずのなかった者どうしを結びつけます。それも、密に。杉瀬様と家老もそうでした。京の和歌の師が同じだったこともあって、意気投合したようです。その後も、たびたび家老の屋敷に足を運ぶようになりました。そして、その屋敷には、二人の娘がおりました。長女のほうはすでに婿養子を迎えていましたが、十八になる次女のほうは嫁入り前です。美形ではないけれど、可愛らしくはあって、若い藩士たちの口には、よく名前が上がっているようでした」

「その次女が……」

「ええ、杉瀬様を見初（みそ）めたのです。いたいたしいのは、繁く届く家老からの書状を、名主の娘がいそいそと杉瀬様に取り次いでいたことです。たまたま、その場に私が居合わせたのですが、杉瀬様の仕官に関わる書状と思い込んでいたんですね。出仕ということになれば、婿養子の話は潰（つい）えてしまうのに、杉瀬様の心が武家に戻ることにあるのを知っているので、たとえその話はなくなっても、と覚悟していたようです。自分は家を出て、縁戚の者に跡を取ってもらうようなことを考えていたのではないでしょうか。さすがに、書状の中身が次女の文と知っていればそんな真似はしなかったでしょうが、宛名は男文字なので、そういうことになっているとは夢想だにしなかった」

「それは……酷（ひど）い、ですね」

「居合わせた私も、そんなこととは知らなかった。知っていたら、目の前で破り捨てたでしょう。それにしても、笑顔の彼女から平然と書状を受け取る杉瀬様の厚顔さが腹立たしくてなりません」

「結果としては……」

「想像されるとおりです。杉瀬様は、名主の娘を捨て、家老の娘のほうを選びました」

「つまりは、百姓ではなく、武家を選んだということですか」

「そういうことでしょう。きっと、たいして迷いもしなかったのではないでしょうか。名主の家も、家老の家も、どちらも選ぶことができるとなれば、最初から家老の家と決まっていたのでしょう」

「名主の娘は恨んだでしょうね」

「恨んだ、などというものではありません」

即座に、藤助は答えた。

「破談が堪えたのでしょう、父親が騒ぎのなかで息を引き取りました。場処がどこだったと想います？　家老の屋敷に通じる路すがらですよ。不自由な躰で、杉瀬様に戻ってくれるように懇願しに行った。その途中で力尽きたのです。娘はいちどきに、夫となるべき男と父親の二人を失って、たった独りになったというわけです」

「いたましいですね」

「いたましいです。恨みを晴らしたくもなるでしょう」

「晴らそうとしたのですか」

「しました」

やり切れぬ様子を隠さずに、藤助はつづけた。

「想いもかけぬ、凄(すさ)まじいやり方でね」

「凄まじい……」

「それが、八百比丘尼伝説と関わってくるのです」


両の耳に気を集める私に、藤助はつづけた。

「杉瀬様の祝言が終わったあと、娘は家屋敷を処分して、城下に小ぢんまりとしたしもた屋を求め、移り住みました」

「待ってください」

「なにか？」

「もしかすると、男のほうも城下で暮らしていたのではないですか」

「そのとおりです。家老の次女を娶(めと)った杉瀬様は新規御召出(おめしだし)になって、武家としての杉瀬家を再興し、御小姓に抜擢されて、御役目に見合う屋敷を城下に得ておりました。やはり、和歌が役立ったのです。杉瀬様は新たな主君の、和歌のお相手を勤めておられました」

「娘はわざわざ、恨んでいる相手の間近で暮らすことにしたのですか」

「そうです。間近でなければならなかったのです」

「間近に住んで、毎日、なにをしていたのでしょう」

私は「想いもかけぬ、凄まじい」答を予期していた。

「それも、和歌です。城下の商店主などに、和歌を教えておりました」

しかし、返ってきたのは、ごくごく穏当な答だった。

「恨みを晴らそうとしていたんですよね」

「ええ」

「それはつまり、男の日々の暮らしぶりを、商店主などから聴き出すためですか。それを知った上で、なにかしらの手段に打って出ようという……」

まるで忠臣蔵だが、そのとき私が想い描いていたのは、まさに忠臣蔵のようなものだった。

「そういうことではないです」

あっさりと、藤助は否(いな)んだ。

「では、和歌の指導を表向きにして、別になにかを進めていたということでしょうか」

「そういうことでもありません。和歌と真剣に向き合い、たいへんな熱意をもって指導に当たっていました」

「暮らしは和歌一色だったのですね」

「そう言ってよいかと思います」

「いったんは、恨みを晴らすのをあきらめたということですか」

「いいえ」

「つまりは、その和歌一色の暮らしが、恨みを晴らすことにつながっている……」

「さようです」

「和歌は介添えではないのですね。和歌そのもので、恨みを晴らそうとしている」

「それに近いです」

「ならば……」

私は言った。

「和歌で男を打ち負かそうとしていたのではないでしょうか」

男は和歌で身を立てている。和歌への高い評価あっての男だ。和歌の評価が地に落ちれば、男のいまの暮らしの基盤は崩れ落ちる。めでたかった殿様の覚えも消え去る。だから、和歌で勝とうとした……。

「いえ……」

けれど、藤助は答えた。

「言われてみて、そういうこともあったのか、と振り返ってはみたのですが……」

考え込む風ではあった。

「やはり、ちがうと思います」

「歌風は……」

私はいったん答から離れることにした。山で路に迷ったとき、頂きに上り返すように。

「どうなっていたのでしょう。娘のときの新風から、男と同じ正風体に変わっていたのでしょうか」

「それは新風です」

きっぱりと、藤助は言った。

「というより、新風を究めようとしていました。あえて言えば、小沢蘆庵の『ただこと歌』に近いでしょう」

「冷泉為村に破門された小沢蘆庵ですか」

新風の顔である蘆庵も、かつては堂上和歌を学んでいた。

「そうです。為村も蘆庵も、己れの心のままを真っ直ぐに表すのが和歌、ということでは重なります。でも、表す上での大前提が異なるのです。堂上派は、人の心は時を下がるに連れて卑しくなるという考え方に立ちます。だから、卑しくなかった世で詠まれた古歌の言葉と表現を使って、麗しかった上つ世の歌詠みたちと同じ地平に立とう、というわけです。いっぽう蘆庵は、人の心は昔も今も変わらないと言い切ります。ですから、堂上派では和歌に使うのを禁じている言葉も自在に使います。そういう蘆庵からすれば、いまの世では通じもしない古語ばかりを操って、持って回った表現をする者たちが滑稽でなりません。人に伝わってこそ歌なのに、伝えまい伝えまいとして、それで当人たちだけ悦に入っている。堂上和歌は、古歌の絞り粕を嘗めているだけということになるのです」

「その蘆庵と近かった」

「ええ」

「実際の詠歌はどうだったのでしょう」

「新風のなかには、歌論は立派なのだけれど詠んだ歌はどうも……という例も少なくありません。けれど、蘆庵は歌論のままに、己れの思うところを思うがままに表現していて、それは見事でした。その蘆庵の歌に、娘の歌は勝るとも劣らなかったと私は思っています。とりわけ、なにげない日常を詠んだ歌が素晴らしかった。蘆庵の和歌は、伝統和歌が扱わなかった、農村の日々の暮らしといった世界を和歌に取り込んだことでも画期となったのですが、娘が野に遊ぶ子供や田の畔で休む老婆を詠んだ歌は、蘆庵にも増して鮮やかでした。そういう際立ったものというのは、知らずに通じるものなんですね。歌塾の看板も出してはいなかったのに、教えを乞う者が年々増えて、商店主だけでなく、若手の藩士などにも広がり、五年も経った頃には、城下で知らぬ者はない歌塾になっていました」

引き寄せられる話ではあるけれど……と私は思った。八百比丘尼伝説にも、恨みを晴らす話にも一向に近づこうとしない……。

「娘の歌塾の評判は高まるいっぽうでした。ですが、十年も経つ頃から、和歌とは関わりのない評判が立つようになりました。わるい評判ではありません。むしろ、良い評判かもしれない。

その評判のために、入門者はますます増えたのです」

「どんな評判でしょう」

「若い、という評判です」

「若い」

「十九で始めた塾です。十年経てば、二十九です。でも、娘はどう見ても十九にしか見えないのです。元々若く見える顔立ちなので、十七、八にだって見える。あの女(ひと)は齢を取らないという声が囁(ささや)かれるようになりましたが、まあ、二十九ではまだ若い人は若いので、そういうこともあろうということで、落ち着いていきました。〝あと十年〟経ったら、さすがに老けるでしょう、と」

いよいよか……と思う前に、ぞくっとした。濃い霧のなかで、感じる力が高まるように。

「でも、〝あと十年〟経っても、娘は老けなかった。さすがに十七、八には見えなかったけれど、十分に二十二、三には見えました。人々は、怪訝(けげん)な顔を浮かべながらも、まあ、三十九でもまだ若い人は若い、と言い合いました。〝あと十年〟経ったら、いくらなんでも老けるだろう、と」

もう、まちがいはなかった。八百比丘尼伝説が始まっている。

「そして、また、〝あと十年〟が経ちます。娘は四十九になったが、二十四、五には見えました。人々は、もう、四十九でも若い人は若い、とは言いませんでした。そして、ちらほらと、八百比丘尼伝説の噂が流れるようになりましたが、その間にも、入門者は増えつづけました。はっきりと若い藩士が多くなって、なかには怖いもの見たさで冷やかすような連中も交じっていましたが、真剣に新風と向き合おうとする者のほうが多かった。そのなかに、二十七歳になる杉瀬様の一人息子の姿がありました」

「男の息子が……」

「父親に導かれて和歌を始めましたが、直ぐに父の堂上和歌に飽き足らなくなったのです。やはり、小沢蘆庵に心酔していたので、娘の和歌に通じるものを見たのでしょう。でも、教えを受けるに連れ、娘の和歌ならではのきらめきに目覚めて、娘を〝小沢蘆庵の代わり〟ではなく、生涯の師と仰ぐようになっていきました」

八百比丘尼伝説は語られている。しかし、恨みを晴らす話からは遠ざかったままだ。これから二つはどういう風につながっていくのだろう。

「それからまた十年が経ち、そして二十年が経ちました。娘は六十九になりました。立派な老女です。なのに、二十七、八に見えました。八百比丘尼伝説はもはや伝説ではなくなり、人々は口にするのを避けるようになります。娘は〝あの方〟と呼ばれ、歌塾は〝あそこ〟になりました。二十年前、若手と言われた藩士たちは五十間近になって、自分たちよりも遥かに若く美しい師匠を眩しく見やります。杉瀬様の一人息子も四十七になって、娘と並ぶと、齢の離れた夫婦に見えました。若い女房をもらった、初老の男です。まだ独り身だったので、娘との仲を疑う声もなくはなかったけれど、さすがにそれでは『雨月物語』になってしまうということで、広がることはありませんでした。そうして、二年前の、あの日がやってきたのです」

あの日……。

「娘が評定所に訴え出たのです」

どういうことだ。

「杉瀬様の息子に手籠めにされた、と」

「てごめ……」

直ぐには、音が意味を結ばない。

「それで、杉瀬様の息子は終わりでした」

ようやく、「てごめ」が「手籠め」になって、躰の芯を突き抜ける。

「『手籠め』という言葉が音にされる一瞬で、息子は終わったのです」

たしかに、それで、終わり、だろう。

武家の男子にとってはこの上ない、不名誉な罪状だ。

その上、手籠めにしたとされるのは、六十九歳の老女である。

いかに、二十七、八にしか見えなくても、六十九は六十九なのだ。

よりによって、息子は老女を犯したことになる。

救いようがない。

それが真実であろうとなかろうと、噂になっただけで終わりだ。

息子が息を継げる場処はこの国にはない。

これが復讐か。

これを十九のときに、企んだのか。

男にとって、一人息子を無法の淫欲漢にされることは、己れに加えられたどんな打撃よりも傷が深かろう。

これほど、男を傷めつける復讐はない。

だから、最初から息子を狙ったのか。

城下に移り住み、歌塾を開き、新風を究めて、息子が入門してくるのを待ったのか。

息子が堂上風に飽き足らなくなるのも、織り込み済みか。

和歌のなかの、生き生きとした野に遊ぶ子供や田の畔で休む老婆は、ただ息子を招き寄せるために詠まれたのか。

人魚の肉を喰らったとしか説明がつかぬ若さは、〝あの方〟なら六十九でもそんなことがあったっておかしくない、という世間の受けを引き出すためか。

そうやって、五十年をかけて恨みを晴らしたのか。

こんなことを、人は想いつくことができるのだろうか。

それとも……

真に手籠めにされたのか。

真であれば、娘は六十九にして再び、こんどは子から、癒しようのない傷を受けたことになる。

それでは、あまりに酷い。

あまりに、いたいたしい。

そんなことなら、手籠めはでっち上げで、女は見事、恨みを晴らしたのだと思いたい。

「事件は、それだけでは終わりませんでした」

語る藤助は、いかにも疲れて見えた。聴く私も、急に疲れを覚えた。

「息子の訊き取りは杉瀬様の屋敷で行われました。評定所に呼び出して、出頭したことが知れ渡れば、それだけで世間では罪人です。それまでに杉瀬様は重い御役目を歴任されてきたので、御城側の配慮もありました。でも、息子は目付の訊き取りに対して、一言も発しなかったそうです。武家は申し開きをするものではないという矜持もあったのでしょうが、それ以上に、娘にそういうことをさせてしまった己れが許せなかったのではないかと私は思います」

己れが許せなかった……。

「息子は娘と父との因縁を知っていました。ですから娘が、自分を踏み台にして父への恨みを晴らそうとしていることに気づいたのです。常人なら怒りに震えるところでしょうが、息子はちがいました。娘が訴え出たのは、娘の企みを思いとどまらせるだけのなにかが、自分になかったからだと考えたのです。あれほど二人して、新風の創作に没入した日々になんの意味もなかったことが、息子には無念でならなかったのでしょう」

「男の息子とは思えぬ、深慮ですね」

真似ができぬ、と私は思った。

「父親とは地平の端と端にいるお方でした。自分を訴え出た娘をも気遣っていました。彼女は被害者として訴え出たわけですが、それによって無数の傷を受けるのは目に見えています。まして、六十九で二十七、八にしか見えない、八百比丘尼なのです。怪物です。この先、彼女はどうなるのか、自分をさておいて憂えていました」

藤助の疲れを隠せない、力のない言葉は、しかし、よく伝わった。

「そういう息子も目付が帰ったあと、父にだけは言葉を投げかけました。こういうことになって、いったい、どういう気持ちなのかを、息子は静かに問いました。彼女にどう償うつもりなのかも含めて。しかし、返ってきた父の言葉は、驚くべきものだったのです」

「驚くべきもの……」

「杉瀬様は息子に問い返したのですよ」

大きく息をしてから、藤助は言った。

「ほんとうはどうなのだ、と」

えっ！

疑ったのか！

父が息子を。

どういう父だ！

もともと張本人は父ではないか。

その張本人がなんでそれを口にできる。

いや、なんで頭に浮かべることができる。

いったい、人の躰のどこから、そんな言葉が出てくる！

「その言葉を聴いた息子は迷うことなく刀架に歩み寄って剣を取り、振り向きざま斬り下ろしたそうです」

言葉が出ない。

「終わって剣を放り置いたとき、息子はふっと気づいた。これか、と。これをやらせたかったのか、と。そして顔を上げ、声に出して言いました。『やりましたよ』と」

まちがいあるまい。

娘は恨みを晴らしたのだ。

きっと、息子が糺したとき、男がどう返すかもわかっていたのだろう。

そういう男だと、知り抜いていたのだろう。

あるいは、そういう言葉を返さずに、生き延びてほしかったのか……。

しかし……。

想いを巡らせているうちに、私はあることに気づいた。とても、おかしなことに。

「待ってください」

私は不審を隠さずに言った。

「藤助さんはなんでそれを知っているんですか」

真っ直ぐに、顔を藤助に向ける。

「いま藤助さんが話したことは、その場にいなければ知りえないことばかりでしょう。さもなければ、息子から聴くしかない。息子はそのあと、どうしたのですか」

「息子は自裁しました。腹を切りました」

「ならば……」

「でも、自分一人だけの腹に収めて逝くには、事件はあまりに重かったのでしょう。自裁をする前に手紙を認めたのです」

「宛先は」

「私です」

「なんで」

「私もまた娘の歌塾の門人でした。新風を目指していたのです」

「ああ……」

「でも、それは表向きの理由にすぎません。嘘偽りのない理由は、ただただ気が合ったということです。ひと回り以上も齢が離れているのに、なぜか最初から気が合った。腹を割って話すことができる相手がいない私には、ただ一人の友でした。彼になら、どんなことでも打ち明けることができたのです。彼もまた、そういう相手として、私を見ていてくれたと思います」

自分がどんな相手と合うかは、合う相手と出会ってみるまでわからない。私は小曽根村の惣兵衛で、どんな相手と合うのかを識った。藤助と息子は娘の歌塾で、合う相手を識ったのだろう。

「私が打ち明けたいくつかの話のなかに、娘への想いがありました」

あるいは、そういうこともあるのではないか、とは想っていた。

「私はもう十歳を越えた頃から、娘を好いておりました。好きで好きで堪りませんでした。でも、言い出すことなんてできません。用もないのに娘の屋敷へ行くのですが、門の遙か手前でぶらぶらするだけで戻ってきます。どこといって取り柄のない私には娘は美しすぎたし、それに、私よりも五つ齢上でした。私は〝五つも齢下だから仕方ない〟の文句を繰り返して、ひたすら遠くから彼女を眺めつづけたのです。二十五歳の杉瀬様が書役として娘の屋敷に詰めても〝五つも齢下だから仕方ない〟。婿養子が決まりかけても〝五つも齢下だから仕方ない〟。あまつさえ、破談になって彼女が独りきりになっても〝五つも齢下だから仕方ない〟です。私はどうしようもなく『さかしら』でした。彼女が城下に移り住んで歌塾を開いたとき、とにかく、これではいけないと己れを叱咤し、私としては蛮勇を奮って入門しました。あんなに近くで彼女と向き合ったことがなかったので、ただそれだけで嬉しかった。でも、そのためによけいに、想いを告げることができなくなりました。告げたら、受け入れられないのは目に見えています。私にとって、告白は始まりではなく終わりなのです。そしたら、彼女と近くで向き合うことができなくなる。それが恐ろしくて言い出せないまま、どんどん時が過ぎていきました。誰もが『伊勢物語』の昔男になれるわけではないのです。『まこと』の気持ちを振り絞って、『すなほ』に想いを伝えることができるわけではない。私は『伊勢物語』芥川の段ではなく、『徒然草』の第三段に己れを重ねざるをえませんでした」

「『あふさきるさに思ひ乱れ、然るは、独り寝がちに、まどろむ夜無きこそ、をかしけれ』ですか」

〈あれこれと思い悩むばかりで、焦がれる女と一夜を共にすることもできず、いつも独り寝で、満ち足りて眠る夜もない……とはいえ、そういう悶々とした日々が、またよいのだ〉

「まさに、です。ただし、『をかしけれ』はない。またよいのだ、はない」

ふう、と息をついて、つづけた。

「私が『まこと』と『すなほ』を解き放ったとしても、この事件の成り行きが変わったとは思えません。でも、いまになってみれば、たとえ筋の一行すら変えられなくとも、じっと動かぬまま、五十四年ずっと好きだった人と、ただ一人の友を失うよりはマシだったのではないかという気はします。ですから、友はもう戻ってきませんが、彼女はなんとしても見つけ出すつもりです。見つけたら、こんどこそ、『まこと』にも『すなほ』にもなろうと思っています」

「その後、娘はどうなったのでしょう」

最後に、私は訊いた。

「消えました」

直ぐにつづけた。

「ずっと探しています。きっと見つかるはずですよ。八百年、死ぬことはできないのですから」

そう、信じたいのだろう。

「見つかるといいですね」

「冬は見つけやすいんです」

「冬は……」

「それも、若さを保つためだったのか、彼女は冬でも夏紬を着るんです」

「夏紬、ですか」

霧の峠が浮かび上がる。流れた霧が見せてくれた霧に似た色の夏紬。

「ええ、一年中です」

「どんな色の？」

「どんな色と訊かれると……。はっきりしない色なんですよ。そうですね。言ってみれば、霧の色ですかね」

思わず目を泳がせると、書架に『群書類従』とはちがう装丁の薄い本が一冊だけ置かれているのが目に留まった。朱色の綴糸が覗いている。

「あれは？」

「ああ」

藤助は腰を上げて書架に歩み寄り、その薄手の本を手にした。直ぐに戻って、私に寄こす。目をやれば、まちがいない。あの独特の朱色の綴糸だ。

「私の歌集です」

誇らしげに、藤助は言った。

「門人の秀歌が溜まると、彼女が自分で手を動かして、こういう歌集をつくってくれるんです。綴糸の色が良いでしょう。彼女が染めたんです」

もう、まちがいなかろう。ならば、と私は問うた。

「かすみがせきしゅう、か、かかんしゅう、という標題の和歌集をご存知ありませんか」

答は直ぐに返った。

「ああ、それは『霞関集（かかんしゅう）』でしょう。先ほど申し上げた、江戸堂上派の代表歌を集めた歌集です。私家版なので、広く出回ることはなかった。それで、ご存知ないのでしょう」

「男の歌は？」

「載っていたはずです。『霞関集』がなにか？」

「いえ、なぜだか急に思い出して」

　言い訳が下手すぎると思いつつ、私は答えた。

　でも、直ぐに下手な言い訳は忘れて、娘はなんで、死んだあとも男の歌集を持ち歩いていたのだろう、と想った。

　藤助は「死ぬことはできないのですから」と言ったが、娘はきっと、死ぬことができたのだと思う。いまは、もう、亡いはずだ。

　濃い霧のなかで、私が「あの、もし」と声を掛けると、娘はきょとんとした顔で「見えるの？」と言った。

　あのとき私は、娘が、霧で自分のことは見えないでしょう、と言っているのだと思ったが、そうではない。

　たまたま霧が流れて、互いの顔ははっきり見えていた。なのに、「見えるの？」と問うた。

　自分は死んでいるのに、なんで見えるの？　娘はそう質していたのだろう。

　だから、新風の和歌集ではなく、『霞関集』を携えていたのが気に障る。

　なんで、死んでも、息子ではなく、藤助でもなく、あの男なのか。

　自分のせいで無残な目にあった息子に、「ほんとうはどうなのだ」と、問うような下衆の歌集を、どうして手にしていたのか。

そもそも娘は、あの男を憎いがために復讐に及んだのではなかったのか。

それでは、破廉恥（はれんち）の罪を着せられながら最後まで娘の身を案じ、父を斬り殺して、介錯（かいしゃく）もなしに腹を切り、悶（もだ）え苦しみながら独り死んでいった息子はいったいどうなる。

答は出ぬが、しかし、もしもそれが、娘にとっての、『まこと』であり、『すなほ』であったとしたら……。

むろん私は、藤助に、峠のことを語ってはいない。

初めての開板

「転地がいいと耳にしてね」

弟の佐助は言った。佐助は隣国の在郷町で紙の問屋をやっている。

「そうはいっても、いきなり踏ん切るわけにもいかない。で、とりあえず様子を見てみようということで、物見の旅がてら、ここの御不動様に娘と嫁を連れて御参りに来てみたんだが……」

この国の白根不動尊は郡の外にも名が知られていて、とりわけ病平癒を願う者を集める。

「いけなかったのか」

私は尋ねる。佐助の娘の矢恵は手習所へ通い始める頃から喘病の気味が出始めて、十一歳になったいまも治り切っていない。咳が出始めると止まらなくなることがあり、息が辛くなる。

「本堂で焚いていただいた護摩の煙のせいとは思いたくないんだけれど、このところおさまっていた発作が起きた。いまは医者に診てもらって休んでいる。嫁が付いてね」

「城下のか？」

「ああ、大工町（だいくちょう）の西島晴順（にしじませいじゅん）という先生だ。知ってるかい？」

「いや」

三つ齢下の佐助は小さい頃からよく喉を腫（は）らして熱を出したが、私はずっと病知らずで、三十半ばの今日まで医者にかかったことがない。医者とのつながりといえば、注文を受けた医書を京、大坂の書物問屋に発注して届けることのみである。私は本屋だ。本屋は本屋でも物之本（もののほん）の本屋で、漢籍や仏書、歌学書、国学書といった学術周りの書物を届ける。とはいえ、医書に取り組んでからはまだ日が浅く、城下の医者と十分に顔がつながっているとは言えない。

「御不動様に居合わせた人たちに尋ねたら、そこを教えられたんだけどね。でも、どうなんだろう。兄さんも知らないような医者なら、替えたほうがいいのかな」

おまけに、私は地の者ではない。私もまた隣国の生まれ育ちで、実は佐助がいまやっている紙問屋は私が興（おこ）した。紙つながりでもないが、十年前に書物好きが昂（こう）じて一念発起して本屋を始めたとき、紙問屋のほうを弟に譲って、本屋のなかったこの国の城下に移ってきたのである。だから、本を頼まれたことのある医者以外は噂ひとつ耳に入ってこない。私が知らないからといって、西島晴順がいけない医者ということにはならない。居合わせた人たちが揃って名指しするなら、それだけのことはあるのかもしれない。

「だいぶ重いのか」

私は問うた。

「いや、落ち着いてきてはいた」

「それなら間もなく陽も落ちる。とりあえず今夜はそこにお世話になって、明日になっても、はかばかしくないようなら、そのとき薬替えを考えよう」

かかっている医者を替えることを穏便に言うと、「薬替え」になる。城下の医者には不案内な私だが、城下を外れてよいならとびっきりの医者を一人知っている。

「大丈夫だよ。心当たりはある」

不安を隠さない佐助に、私はくっきりと言った。

「凄い先生がいる」

実は、この土地でいっとう頼りになるとされている医者は、城下の町医ではない。近在の小曽根村で『称東堂』の看板を掲げている佐野淇一という六十過ぎの村医者だ。

淇一を教えてくれたのは小曽根村の名主の惣兵衛である。あの、でかいツラの捨て猫、ヤマの飼い主の惣兵衛だ。『芥子園画伝』絡みの悶着から早一年余りが経ち、この頃にはもうずいぶんと気心知れていたので、私が「医書を勉強して、商いを広げたいと思っているんですよ」と正直に洩らすと、「それなら、この村の佐野淇一先生を訪ねるとよいでしょう」と即座に言ってからつづけたのだ。「蔵書は二千三百冊を超えるし、なんといっても、この国で一番の医者ですから」。

聴いた私は思わず言っていた。

「なんで町医を差し置いて村医者なのでしょう」

「おや」

いかにも意外そうに、惣兵衛は答えた。

「荻生徂徠の『政談』に書いてありませんでしたか。『医者も田舎の住居宜きこと也。江戸にて療治を仕習いては、上手になるべきようなし』って」

惣兵衛は気軽に『政談』を口にするが、著されてからおよそ百年が経ったいまでも、まだ板本になっていない。もともと将軍家八代有徳院様の諮問を受けてまとめた提言集だから、人の目に触れてよいような筋合いではないのだ。門人にさえ原稿を見せなかったどころか、御公儀へ提出する際は祐筆による清書も許さず、自筆だったらしい。それでも、安永、天明の頃になると、板木は彫られずとも手書きの写本の形では出回るようになって、私も客の求めに応じてけっこう売ったし、自分で読みもした。でも、いくら思い出そうとしても、町医と在村医について書かれた内容の記憶は開かない。『政談』は四巻から成る。あるいは読み落としたのかもしれぬと思って、そのままを口にした。

「ならば、あえて講釈させていただきますが……」

こほんと咳払いをしてから、惣兵衛はつづけた。

「徂徠が記すには、江戸のような大きな町の医者は渡世に追われてやたら診療の数をこなします。それも富める者だけを選んで出入りする。処方するのは、薬当たりをせぬ代わりに効き目もはっきりしない当たり障りのない調合だけ。そうやって首をすげ替えられないようにして、治療を長引かせるのです。引っ張れるだけ引っ張るわけですよ。目に見えて具合が悪くならなければ、患者はなかなか薬替えには踏み切りませんからね。それでいて、いよいよ重くなる兆しを察したら、周りの目にもわかるようになる前にさっさと手を引きます。治すよりも、自分の悪い評判が立たないようにするのが先に立つんですね。要するに、初めっから患者の容体の変化を一貫して見届けようとする気がさらさらない。これでは名医なんて生まれるはずもないと、徂徠は言っているわけです」

聴きながら、やはり読み落としたのだと私は思っていた。読んでいれば、忘れようもない内容だ。

「その点、田舎の医者は患者を選べません」

胸を張るようにして、惣兵衛は言った。

「村で富める者なんてほんのひと握りでしょう。貧乏人どころか食い詰め者だって診なければならない。最初から最後までね。そうまでしたって、薬礼を取れぬのは当たり前で、時には米や味噌、炭なんぞまで持ち出しで分け与えます。医は仁術と言いますが、在に根を張ったら仁術にならざるをえないんですよ。自然と、医者としての背筋が定まるのです。しかも、町医のように、内科とか外科とか産科とか眼科とか言っていられません。患者がここがおかしいと訴えれば、なんでも診なければならない。つまりですね……」

ひとつ息を吐いてから、惣兵衛はつづけた。

「村医者は逃げられぬのです」

逃げる医者と、逃げぬ医者……。

「どんなときでも踏みとどまって、なおかつ腕を上げねばならぬのです。村医者だから面倒見さえよければ済むというものではない。腕が伴わなければ、やがて消えていきます。医家としての家を三代重ねて、初めて村医者として信用されると言ってもよいでしょう。なにしろ、躰のことです。私にしたって三代つづいた世襲医が処方した薬しか飲みません。仕事で余所の土地へ行って具合がわるくなったときも、町の名医は頼まない。名医の評判なんて、十人殺していても名の通った権家を一人治せばもう名医ですからね。かならず、在の世襲医にかかります。その世襲医のなかでもぴかいちなのが淇一先生なのです。小曽根村の誇りですよ」

惣兵衛がそこまで持ち上げるのはよほどのことだ。

「なにしろ、蔵書二千三百冊ですからね。医書だけでも千五百冊は軽く超えているでしょう。しっかり修業もされています。称東堂の東はどこから取ったか、おわかりですか」

大人げないとは思ったが、私は答えた。『政談』を読み落としてしまった汚名の返上だ。

「和田東郭先生の東ですか」

和田東郭は本屋としてはありがたくない医家だ。著作をひとつも残さなかった。門人たちが筆録した『蕉窓雑話』などがわずかに残るのみである。しかし、それはひたすら患者に添いつづけて本を書く暇などなかったからだ。亡くなられてから二十年が経ったいまでも、患者への『忠』を貫いて病床に添いつづけた医家の信望は厚い。東郭は己れの医訓である『実意深切』を地で行った。

「当たりです。さすがですね」

惣兵衛は大人だった。

「十八のときから五年間、京の東郭先生のところで修業を積みました。終えても、直ぐには戻らずに、あの賀川玄悦先生が創始した賀川流産科でさらに三年学んでいます。この土地の女たちが安心してお産に臨めるのは、淇一先生が控えてくれているからですよ」

五十八年前の明和二年に賀川玄悦が著した『産論』全四巻は、日本の産科医療を根本から変えた。この国に賀川流産科が普及する前、妊婦は座ってお産をした。それまで胎児は頭を上にしてお腹の中に居て、生まれる間際にひっくり返って頭から出てくると信じられていたからだ。玄悦は正常胎位、即ち、命が宿ったときから胎児はずっと頭を下にしていることを突き止め、いまでは当たり前になりつつある横になってのお産を広めた。それだけではない。もしも難産で胎児に不幸が訪れ、そのまま母胎に残ったとしたら、命の危険は母親にも及ぶ。正常胎位を見定めた玄悦は、独自の鉗子を工夫して胎児の頭を捉え、母胎から引き離すことに成功した。出産は難事だ。子も、そして母親も死と隣り合わせだ。世の中では、たとえ子は得られずとも母親が無事ならば『安産』とする。玄悦は『安産』を広げ、さらに、それで良しとせずに子の無事をも広げるために格闘しつづけた。そして玄悦亡きあとも、賀川流産科がその格闘を引き継いでいる。惣兵衛が語ったとおり、賀川流の産科医が居てくれれば、命を宿す性にとって心強いこと、この上ない。

「そういう家筋ですから、ご子息の淇平さんも医の中央で研鑽を積まれていて、いまは春林軒で学ばれていています」

惣兵衛はつづけ、私は大いに驚く。

「春林軒というと、あの紀州の名手村にある春林軒ですか」

京都からも江戸からも隔たった紀州の山深くにある医塾だが、そこはたしかに「医の中央」だ。十九年前に行われた全身麻酔による乳岩の手術はいまも記憶に生々しい。紀ノ川に近いというその学舎は全国から新たな医を志す俊英を引き寄せ、麻沸湯による麻酔下だからこそ踏み切ることができるさまざまな療法の開発に取り組んでいる。

「そうです。あの春林軒です。華岡青洲先生の医塾ですよ」

まさか小曽根村が、紀州の名手村とつながっているとは夢にも想わなかった。

「松月堂さん、私はね、この村を日本で一番豊かな村だと思っているんですよ」

私の店の名は松月平助という。京都の大書肆、風月庄左衛門にあやかった。物之本を届ける私にとって、範とすべき書肆は江戸の地本屋、蔦屋重三郎でも須原屋茂兵衛でもなかった。

「日本で一番、ですか」

「ええ、日本で一番。むろん、村高のことなんぞを言っているのではありませんよ。村高もそこそこではありますが、村高ではありません。村の者たちが医の不安なく暮らせるということですよ。医家佐野家の三代目、淇一先生が居てくれて、四代目の淇平先生も控えてくれている。もうね、安心し切っていられるんです。そりゃあね、いくら淇一先生だって神様じゃあないんだから誤ることだってあるかもしれません。でもね、みんな思ってるんですよ。淇一先生がまちがうんなら、それはもう仕方ないって。それで命を落とすとしたら、それはもう寿命なんだって。そういう風にね、信頼し切ることができるというのは、この御代にあってはすごく贅沢で、豊かなことでしょう」

ちがいない。本の行商で見聞する限りでも、あらかたの村は信じることのできる医に渇いている。

「他にもたくさん小曽根村のような村が現われて、一番争いができるようになるといいですね」

惣兵衛のことだ。けっして口には出さぬだろうが、きっと懸命になって佐野家を支えているのだろうと想いつつ、私は返した。

「そうですよ。日本で一番豊かな村があちこちに生まれてね。一番豊かな村だらけになって。そうなってこそ日本という国も、ほんとうに豊かになるんです」

私は医書を商うためということではなく、淇一先生に会いたいと思ったが、そのときは互いの折り合いがつかなかった。惣兵衛に紹介状を書いてもらい、後日訪ねることにして、そのままになっている。

　だから、明日の朝になっても矢恵の体調が戻らないようなら、真っ直ぐに称東堂を目指そうと思いつつ、娘と女房の処へ戻っていく佐助を見送った。矢恵の快癒は願ったが、むずかしい病だ。おそらく小曽根村へ行くことになるのだろうと想っていた。

　西島晴順がどれほどの医者なのかは判らない。でも、とにかく佐野淇一先生は、この国で一番の医者なのだった。


　翌朝、陽が上る前に私は身支度を整えていたが、佐助はやってこなかった。そうと打ち合わせたわけではないが、あえて口にはしなかっただけのような気でいただけに、どうしたのだろうと思わざるをえなかった。病の絡みであれこれ考えを巡らせれば、想いはどうしたってよくない筋へ向かおうとする。明け六つから六つ半へ、朝五つへ、そして五つ半へ、私はどうにも落ち着かない時を送り、そうして朝四つになって、仕方なく引くつもりのなかった店の戸を引いた。

　暖簾を掲げ、箱看板を抱えて、初秋とはいえまだ強い陽が射す表に出る。店の前の路は五街道のひとつにつながる脇往還になっていて、もう、けっこう人が出ている。武家のためにつくられた城下町は武家の重みが減じるほどに元気も減らしているが、脇往還の通るここは城下町でありながら宿場町でもあり、在郷町のように新興の商人が目立つ町でもある。私がこの町に店を構えたのも、いろんな人間が出入りして年々活気が増しているからだ。町の住人だけでなく、それぞれの目的で脇往還を行き交う人たちが、箱看板を目にしてわざわざ立ち寄ってくれる。箱看板は本屋の徴だ。四角の四面には、『松月堂』と『書林』の文字が交互に書き入れられている。

いつもの場処に箱看板を据えるが、いつものようには気が伴わない。店のなかへも戻らず、突っ立ったまま西島晴順の診療所があるという大工町の方角を見やる。人の流れを避けて目を凝らすが、佐助の姿はない。あるいは矢恵の按配がよくなってもう町を出たのかと思い、直ぐに、そんなわけがあるはずないじゃないかと思う。これだけ姿を見せないということは、私に連絡を入れるどころの騒ぎではないのかもしれない。喘病は命取りにもなる病だ。なんとはなしに店を開けてしまったが、さっさと箱看板も暖簾も引っ込めて大工町へ急ごうか。いや、とりあえず午までは様子を見てみるか……。決めあぐねて、箱看板に両手を突いたまま立ちつづけていると、後ろから肩を叩かれた。

佐助かと思って振り向くと、生糸の仲買人の山代屋五平が笑顔を寄越す。松月堂の得意の一人だ。この町の者ではないが、商いの旅のついでに繁く顔を出す。

「なんか出物はあるかい」

山代屋は言うが、山代屋が「なんか」というのは、『土佐日記』に関わる書物と決まっている。山代屋は市井の考証家で、『土佐日記』に的を絞っているのだ。私には考証とはいかなるものかをひとことで言い表す勇気はとてもないが、誤解を受けるのを承知で言えば、本物探しとでもしておこう。

古典のほぼすべては、時代時代に人の手で写されてきた写本で伝わっていると言っていい。写されるほどに、写本は本物からかけ離れていく。数え切れぬ写本のなかから、本物に近い一冊を探し出すのが考証だ。阻む壁は果てしなく、あらかたの人は見つけることよりも探しつづけることに意味を見出しているかに映るのだが、『土佐日記』だけは少し様子がちがう。自筆本を直に写した写本が複数、残っているとされていて、つまり、本物探しが実現してしまうかもしれないのである。おのずと、のめり込む人も多く、私はせっせと彼らに喜んでもらえそうな本を探す。

「ありますよ。山代屋さんにお誂え向きなのが」

私は店のなかに戻って、二巻二冊を手に取る。そろそろ山代屋が顔を出す頃だと思って、目につきやすい処に置いておいたのだ。

「『土佐日記考証』じゃないか!」

手渡すと、山代屋はあからさまに顔を綻ばせた。

「岸本由豆流（きしもとゆずる）の新しい注釈書が出たとは耳にしていたんだが、そうか、これがそうなのか」

　目を輝かせて、頬ずりをせんばかりだ。

「お買い上げで？」

「あったりまえよ。しかし、嬉しいねえ。こういう商いをしてくれて。できそうで、できるもんじゃないよ」

　ふうと大きく息を吐いてから、つづけた。

「礼がしたいくらいだ。なんか、欲しいものなんぞないかい？」

「欲しいもの、ですか……」

　いつもならさらりと受け流すところだが、私は思案した。そして言った。

「山代屋さんはこの町の医者とか知っていますか」

　本気で答を期待していたわけではない。山代屋はこの町の人間ではないから、知らないと返されて元々。これも、受け流し方のひとつくらいに思っていた。でも、どっかで、ひょっとしたら、とも思っていた。少なくとも自分よりは知っているかもしれないし。

「そこそこ知ってるよ」

　なんだ、そんなことか、という風に、山代屋は言った。

「俺はこの土地の者（もん）じゃないけど、取引相手はこの土地の者が多いからさ。躰の具合の話はよく出るし、ってことは医者の話も出る。ま、たいていは愚痴（ぐち）話だね。喋（しゃべ）り始めたら止まらないって手合いも少なかないから、知らずに耳に残っちゃうんだよ」

えっと思った。

「それじゃあ……」

それなら訊かなければならない。

「西島晴順という医者は知ってますか」

「ああ！」

意外にも、山代屋は直ぐに声を上げた。

「近頃、評判がいいみたいだね」

そうなのか。

「ちょくちょく、名前が出るよ。だいたい、医者を貶すことはあっても、褒めることなんてそうそうはないからさ。で、覚えてるんだ」

ならば、白根不動で佐助に西島晴順を薦めた人たちは誤っていなかったことになる。思わず安堵しかける私に、しかし、山代屋はつづけた。

「でもね、いまひとつしっくりこないんだよなあ」

「はあ？」

「なんかね、はい、そうですか、ってことになりにくいのよ」

「それはまた、なんで」

「いやね、初めてその医者の評判聞いてしばらく経ってから、不意に思い出したんだけどさ。俺は西島晴順って医者にかかったことがあるんだよ。もう、七、八年も前になるけどね」

「そうなんですか」

「なんで、思い出したかっていうとさ。取引相手になんともはっきりしない野郎が居たんだよ。言ってることがあやふやだから、こっちが、じゃあ、こういうことだね、ってわざわざ念押ししてさ。そこはもう動かないってひと息ついて、ようやっと先へ進もうとすると、また、やっぱり、そうじゃなくて、とか蒸し返すわけさ。いつまで経っても埒があかない。もう、いいかげん腹が立ってね。かりかりしてたら、前にもこんなことがあったなって思い出した。それが、西島晴順さ。二度とここへ来ちゃあならねえってんで、名前が残ってたんだね」

「つまり、西島晴順も、なんともはっきりしなかったわけですか」

「いや、もう、ひどいもんだったよ。なんで医者なんぞにかかったのかは忘れちまって、そのことだけを覚えてるんだ。見立てがくるくる変わるんだよ。商いなら、あやふやのとばっちり食ってもカネ損するだけで済むけどさ。医者だぜ。あやふや、そのまんまにしたら命の沙汰になっちまう。俺は這々の体で退散して、以来、行ってないから、俺んなかじゃあ、あのあやふやな信用ならねえ西島晴順のまんまなんだが、そいつがいまじゃあこの町でも指折りの医者だってえわけだ。そりゃあ、すんなり呑み込みにくいだろ」

「不思議な話ですね」

「もしもほんとうに指折りの医者になってるとしたら、名前はそのまんまで人が入れ替わったとしか思えないね。とにかく、おどおどびくびくしてたんだ。あれは、自分で自分を信用ならなかったんだよ。病を見立てるのが怖いみたいだった」

「ほお」

いったい、どういうことなのだろう。

「ほらっ、重宝記とか、わんさか出てるだろう」

「ええ」

重宝記というのは、日々の暮らしに役立つ知恵や知識を名前のとおり重宝にまとめた、言ってみれば虎の巻のようなお手軽本だ。

「あのなかに、医療ものとかもあったよね」

「ええ、ありました」

それも一つじゃない。六つ、七つはあっただろう。

「ああいうのを読んだだけで、医者始めちゃったような感じだったよ。俺も薬の重宝記なら持ってたけどさ。俺みたいな素人のために出した本なぞって、医者顔しちゃあいけないよな」

そこまで言うと、山代屋は不意に「あ、いけない、いけない」と声を張り上げた。

「あんまり嬉しくて、寄合の約定あったのを忘れてた。また、ひとつ頼むよ」

そして、過分な代金を箱看板の上に置くと、さっさと背中を見せた。あるいは、私に釣り銭を用意する暇を与えぬための「寄合」だったのかもしれない。

一人になった私は、山代屋が去り際に言った言葉を反芻する。

重宝記の多くは、掌に納まる判型の袖珍本だ。いくら医者に資格は要らないとはいっても、さすがに重宝記だけを読んで医者の看板を掲げるのは無理だろう。

けれど……と思う。

重宝記では無理だが、諺解書ならばできなくはないのではないか……。

諺解書とは唐の古典を漢字かな交じり文で、つまりは日本の言葉でわかりやすく解釈した書で、医の分野でこの諺解書人気を担った人物に、あの近松門左衛門の弟に当たる岡本為竹が居た。

為竹は名医の評価をも得ており、諺解書と一括りにするには、あまりに質の高い医書を数多く書き著している。それでも、兄の近松から、諺解書などを書いていると危うい医者を育てることになると諭されたらしい。

未学の者が手軽な解釈書で済ませて原典の研究を怠ると、軽々に医術を施すことになって人命を奪いかねないというのである。同様の弊害を指摘する声はその後も高まるばかりであることからすると、近松の危惧は杞憂ではなかったことになる。

そうして考えていくと、山代屋の知る西島晴順が、近松が危惧した〝軽々に医術を施す医者〟の一人であることは十分にありうる。

でも、その〝軽々に医術を施す医者〟は、いまの西島晴順ではないようだ。
どういうことなのか……。
山代屋が言うように、「名前はそのまんまで人が入れ替わった」のか。
それとも、西島晴順が変わったのか。
変わったとしたら、なんで変わることができたのか。
なによりも、いま矢恵を診ている西島晴順は変わった西島晴順のままなのか。
ある日、突然、〝軽々に医術を施す医者〟に逆戻りすることはないのか……。
次から次に疑念が湧いて、こうしてはいられない、と私は思った。
いま直ぐ、大工町に向かおう。
私は慌てて箱看板に両手をかけ、持ち上げた。
と、そのとき、聞き慣れた声が掛かった。
「兄さん」
抱えたまま声のしたほうに顔を向けると、佐助が一人で立っていた。
「矢恵はどうした！」

箱看板を下ろして、私は問うた。知らずに詰問するような口調になっている。

「ずいぶんよくなった」

顔が明かるい。

「大事をとって、もう一日様子を見ることにしたけど、咳はすっかりおさまっている」

「それはよかった」

思わず力が抜けた。

「中へ入るか」

気を取り直して言う。どうやら、箱看板は仕舞わなくていいようだ。

「ああ」

これも、案ずるより産むが易し、と言うのか言わないのかなどと思いつつ、私は上がり框に座った。

「あれは名医だよ、兄さん」

佐助も並んで腰を下ろすと、直ぐに口を開く。

「そうか」

「あんな先生とは初めて会った」

声が昂ぶっている。

「これまでにもずいぶんいろんな医者に診てもらってきた。矢恵に無理はさせられないから国の内だけではあるけれど、いいという評判を聞いたら迷わず行くことにしていたんだ。でも、西島先生はいままでの医者とはもうぜんぜんちがう」

「どんな風に」

ひと心地つくと、私の裡(うち)には再び山代屋の語った西島晴順が息づき始めていた。佐助は明るかったが、いささか明かるすぎて無理が匂い、私を落ち着かなくさせた。

「喘病が辛いのはね、咳で苦しいだけじゃないいんだ。矢恵は読み書きが好きだから、親に言われなくても自分から進んで手習所へ通ってた。でも、喘病になってからは遠のいた。自分の咳が始まると手習所の稽古が止まってしまって、皆に迷惑がかかるからさ」

西島晴順の話からは離れたが、私は耳に気を集めつづけた。きっと、それを話さないと、他の医者とのちがいを語れないのだろう。それに、その話はその話で、聴かなければならぬ話だった。

「なり始めの頃は、それでも気を強くして足を運んでいたが、やがてぷっつりと行かなくなった。咳がいつ始まるか、そればかりに気持ちを取られて、稽古どころじゃなくなってしまうんだ。止めたのは手習所だけじゃない。裁縫も止めた。手習所よりももっと、楽しみにしていたのにね。そうやって、どんどん自分の殻(から)を小さくしていくんだ。だからね、なんとか治ってほしくて、自分でもいろいろ喘病のことを調べたし、医者の処方にも注意してきた。医者が嫌がっても、調合を根掘り葉掘り聴き出してね」

さぞかし医者には嫌われただろう。見上げた父だ。世のすべての父親が、そこまでするわけではあるまい。できぬ口実を見つけようとする父親も、少なくなかろう。

「だから、ちがうと言えるんだけど、たいていの医者が喘病で処方するのは柴朴湯なんだよ。ずいぶん息が苦しいときは応急で麻黄湯なんかも使うけど、治療はまず柴朴湯だ。だから、こんども麻黄湯から柴朴湯へという処方だろうと思い込んでいた」

「ということは、ちがったんだね」

「ちがった。越婢加半夏湯だったんだ。ふつうなら嘔吐を抑える処方さ。喘病に処方するのは聞いたことがない」

「それがよかったのか」

医者知らずの私は佐助の語る薬湯のほとんどを躰で知らない。本屋として、和田東郭がいかなる医家であるかは弁えているが、東郭が処方した薬湯の味がいかなるものかは知らない。

「いや」

意外にも、佐助は否む。

「とりあえず咳がおさまっているからよかったけれど、ほんとうによかったかはまだわからない。なにしろ、昨日の今日だからね。このあとの様子を見ないと、なんとも言えない。ずっと喘病と付き合ってきたから、糠喜びはしないことにしているんだ」

勢い込んで、新しい処方の素晴らしさを讃えるのかと想ったら、そうではなかった。

「でも、さっきおまえは名医だと言っただろう」

　私は佐助の思うところをたしかめる。

「名医を感じたのは、越婢加半夏湯を処方した理由さ。西島先生は大人の喘病と子供の喘病はちがうと言うんだよ。大人の喘病のための処方をそのまま子供の喘病に使っても効果は期待できない。子供の喘病には、子供の喘病のための処方が要ると言うんだ。その子供の喘病のための処方が越婢加半夏湯さ。そんな考え方を聴いたのは初めてだった。処方もさることながら、大人の喘病と子供の喘病はちがうという考え方そのものに感銘を受けた。いままでそんなことを口にした医者は居ない。これなら、ひょっとすると治るかもしれないという希望が持てたんだよ」

「でも、それだけでは……」

　言おうか言うまいか迷ったが、言うことにした。

「まだ名医かどうかわからないんじゃないか」

　佐助は矢恵をなんとしても治したいと思っている。だから、いつも名医を待望している。少しでも、これまでの治せなかった医者とのちがいを察すれば、そのちがう医者に名医を見てしまっても無理はない。苦労して蓄えた医の知識が、名医を仕立てるためのみに束ねられる。気持ちは痛いほどわかる。事情の一切を呑み込んで、「そうだね」と言ってやるのが兄の取るべき態度なのかもしれない。でも、それでは、娘のために懸命に頑張っている父親を馬鹿にするような気がした。

「兄さんの言っていることはわかるよ」

佐助は言った。

「たしかに、まだ名医かどうかはわからない。俺にしたって確証が欲しい。矢恵を治してもらうとなれば、少なくとも月に一度は通うことになる。隣りの国とはいえ、日帰りは無理だ。矢恵には大きな負担になる。だから、この人になら託せるという、はっきりした証(あかし)が欲しい。でね、俺は試すことにしたんだよ。西島先生がほんとうに名医なのかどうかを。自分の躰を使ってね」

「自分の躰を使って?」

どういうことだ。

「子供の頃、俺はちょくちょく熱を出しただろう」

「ああ、喉を腫らしてな」

私たちの育った家は紙漉(す)き農家で、家の周りには野山が広がっていたが、少年の佐助はそこで存分に遊び回ることができなかった。木登りも蜻蛉(とんぼ)捕りも水遊びも控えめにしなければならなかった。疲れると、直ぐに喉が腫れるからだ。悪餓鬼(わるがき)どもは遊びを中途で切り上げる佐助を末生(うらな)りと囃(はや)し立てた。止めろと口で制しても止めようとしない奴らを、躰をつかって後悔させるのが兄である私の役割だった。

「実は、いまでも治り切っちゃいない。さすがに昔のようではないけれど、ちょっと無理をしたりすると、程度の差こそあれ、決まって喉が腫れる。熱が出るほどに腫れたときは、医者に診てもらっても数日は絶対に下がらない。四、五日で下がればいいほうだ」

昔話ではないのだ。あの頃も「四、五日で下がればいいほう」で、いまも「四、五日で下がればいいほう」らしい。

「それでね。昨日の夕、ここから診療所へ戻ったとき、それが起きた。珍しく親子三人で旅に出て、矢恵がこういうことになって、あたふたしていたからだろう。呆気(あっけ)なく喉が腫れて熱が出た」

私は店から娘と女房の処へ戻ろうとする佐助の背中を思い出す。

「でね、いつもなら、三十過ぎてもまだ喉を腫らしてるのかって情けなくなるところだけど、昨夜はこれだと思った。これで、西島先生が名医かどうかはっきりするってね」

直ぐには、佐助がなにを言っているのかわからない。

「俺の熱はどんなに早くても四、五日経たないと下がらない」

私は目で次の言葉を促す。

「だから、もしも先生の処方で一日で下がったとしたら、先生は紛(まご)うかたなき名医ということになるだろう?」

筋は通っている。

「世間はともかく、少なくとも自分は先生を名医と信じられる。腹を据えることができる。俺にとって大事なのはそこさ。俺は早速、診てもらって処方を受けたよ。そして、朝を待ちわびた。下がっていれば、西島先生は名医だ」

私はあらためて佐助の顔を見た。熱で上気しているようには見えない。目も潤んでいたりしない。

「そうだよ。下がっていたんだ」

喜色（きしょく）を浮かべて言った。

「ちゃんと、いままでとはちがう薬なのか」

私は問うた。いままでと変わらぬ処方で熱が下がったとしたら、たまたまということになる。

「いままでは葛根湯加桔梗石膏（かっこんとうかききょうせっこう）か、小柴胡湯加桔梗石膏（しょうさいことう）だった。こんどは駆風解毒湯（くふうげどくとう）加桔梗石膏だ。それを熱いままではなく、冷やして一口ずつ、喉に溜めて温かくなってから飲み下す。そんな飲み方も初めてだった。偶然じゃあない。西島先生のお蔭で下がったんだよ。俺はもう疑わないことにした。来月から、毎月通うことになるだろう。そういうわけだから、兄さんにも負担かけることもあるかもしれないけど、よろしく頼むよ」

「ああ」

直ぐには、快諾の返事が出てこなかった。躰を張って名医の確証を摑んだ佐助の話を聴いたあとでも、山代屋の語った西島晴順は私の裡から消えていなかった。佐助が「名医」を繰り返すほどに、なんで西島晴順は「名医」になれたのかに想いが向かって、山代屋の言ったことを佐助に伝えたほうがよいのかどうか迷った。でも、その迷いは直ぐに失せた。そんなことできるわけがない。

佐助は、舌を噛みそうな薬湯の名前をレンゲやスミレを呼ぶようにすらすらと並べる。そんな父親がやっとこさっとこ辿り着いた望みを、打ち砕くような真似ができるわけがない。それは自分の役割だと、私は思った。なんで西島晴順は「名医」になれたのか。これからも「名医」でありつづけることができるのか……。店もあるし、行商にも出ねばならぬから、調べ回るわけにはゆかぬが、ずっと意に留めて、西島晴順にまつわる話が耳に入ってくるようにしておこう。とりあえず、町の得意だ。町の者ではない山代屋に話を聴いただけでこうなのだから、町に住み暮らす得意ならばもっと多くのことがわかるだろう。

「任せておけ」

私は言葉を足した。

その日から早速、店を訪れる得意に話を聴いたが、私の想うようには運ばなかった。

いまの西島晴順しか知らぬ者は「いい医者」だと言い、「この町でかかるなら西島晴順」と言う。

いっぽう、かつての西島晴順を知る者は「人が入れ替わったよう」と言い、「気色わるくて、自分なら行かない」と言う。

なんのことはない。山代屋の語ったこととほとんど変わらないじゃないかと気落ちしていたら、九人目の煙草問屋をやっている森田屋才蔵が初めて、それまでの八人とはちがうことを言った。

「あの医者のいいところは、患者を囲い込もうとしないことさ」

「囲い込まない？」

「自分では治せないと見切ると、直ぐにそれを正直に言うんだよ。他の然るべき医者に診てもらったほうがいいって」

「そうなんですか」

「治せないくせに、薬替えさせようとしない医者が多いだろう。あのテこのテで囲い込もうとする。でも、あの医者は治せないものは治せないとはっきり言うからさ。逆に信用できるんだよね」

「それは自分の評判を落とさないため、とはちがうのでしょうか」

小曽根村の名主の惣兵衛から、その話を伝え聞いてまだ間もない。江戸の医者は患者がいよいよ重くなる兆しを察したらさっさと手を引いて、自分の悪い評判が立たないようにする、と。

「でも、あの医者が治療を断わるのはたいてい初診のときなんだよ。長く診ていた患者を見放すわけじゃない。それにね。そんな深刻な病にかかっている患者というわけでもないんだ。断わられたほうは狐に摘まれたような気になるらしいよ。たとえて言えば、そうだな……とびっきり腕が立つ大工なのに釘打ちが下手とか、すごい算学の先生なのに足し算ができないとか、そんな感じらしい。なんで断わられるのかがわからないんだ」

「ほお……」

私は疑いを強める。諺解書を読んだだけで看板掲げた医者なら、そういうムラが出はしないか……。

「それで、まあ、とにかく、こっちは別の『然るべき』医者を見つけなければならないんだけどね」

森田屋はつづける。

「ほらっ、残りの医者となると、これはというのが居ないのよ」

やはり、城下の町医もそうなのか。江戸と変わらぬということか。

「一丁前に古方派とか後世方派とかお題目唱えるけどさ。私たちにしてみれば、どっちだっていい。患者にはね、古方派でも後世方派でも、とにかく病を治してくれる医者がいい医者なの。でも、ここの町医はどっちもいまひとつだからね。急に『然るべき』とか言われても困っちゃうんだよ」

医者には資格が要らない。だから、自分がまっとうな医者であることを患者に訴えるためには、どんな師匠に付いて、どんな医学を修めたかを明らかにする必要がある。その〝どんな医学〟を伝えるのが学派であり、大勢としては、ほぼ古方派と後世方派の二つに分かれている。古方派と後世方派、というと、後世方派のほうが新しいように聞こえるが、実は逆だ。後世方派は江戸幕府が生まれて間もない頃に立ち上がり、古方派はそれより五十年ばかり後(おく)れて滑り出した。なのに、古方派と後世方派の名がついたのは、古方派がいまから千六百年も前の後(ご)漢(かん)末の医学に準拠するのに対し、後世方派がそれよりずっと新しい明(みん)の医学に拠って立っているからだ。

あとから生まれた古方派が後漢末の医学を選んだのは、後世方派の『弁証論治(べんしょうろんち)』という医療思想を理論倒れと観たかららしい。後世方派は症状の原因と病が進む機序(きじょ)を解明して、しかる後に治療にかかるのだが、この過程に陰陽五行(いんようごぎょう)説などが関わる。これを古方派は実証できないものと断じた。実証できないものをどう信用すればよいのか、と。そうして症状の群れから、理論を介さずに直に処方を導き出す、『方証相対(ほうしょうそうたい)』を掲げたのである。だから、古方派と後世方派は相容れない。枝葉ならなんとかなるだろうが、幹が異なるとどうにもならない。

「西島先生はどちらだったのでしょう」

私は訊いてみる。諺解書で独修したのではなく、どこであれ医者に師事したなら、どちらかの学派を学んだはずだ。

「古方か後世方かってこと？」

「ええ」

「それはわからないなあ」

「わからない……」

「看板にも書いてなかったし、それに、あの西島晴順という医者は、そういうことは語らない人なんだよ」

「そうなんですか」

「先生はどこで修業されたんですか、とか訊くとさ、とたんに黙りこくっちゃうんだよ。はぐらかすとか受け流すとか、そういう器用なことができない人なんだね。ただ、黙る。ってことは、よほど触れられたくないんだろね。どうやって医者になったのかを」

それはそれで、一つの答だろう。もしも修業をしていなければ、学派を語ることはできない。森田屋が器用でないと説く西島晴順は、正直な人でもあるのかもしれない。

「もともと口数の少ない人だからね。なんにつけ、多くを語らないんだ」

「だから『然るべき』医者の紹介もなかったんですね。治療を断わるとき」

他の「然るべき」医者に診てもらったほうがいいと告げながら、自分は「然るべき」医者を紹介しない。それは、紹介しないのではなく、紹介できないのではないか。修業をしていれば、門人でいたときのつながりがある。「然るべき」医者を紹介できる。でも、独修した者には難しい。

「いや、あったよ」

意外にも、森田屋は否む。

「でも、さっき、別の『然るべき』医者を見つけなければならないって、おっしゃってましたよね」

「紹介することは紹介するんだけどね。町の医者じゃあないんだよ」

「町の医者じゃあない……?」

「小曽根村、という村、知ってる?」

「知ってますよ」

なぜか私はムキになる。

「行商で回りますからね」

わざわざ知ってる理由まで言う。

「そうだった。松月堂さんは行商もやるんだったね」

やるとも、と私は思った。初めは借金の返済のために回るようになったが、いまは回る気で回っている。

「でも、さすがに、その小曽根村に居る医者は知らないでしょ。佐野淇一という村医者」

「知ってますよ」

私はいよいよムキになった。

「へえ、知ってるんだ。なかなかいい医者らしいね」

佐野先生を村医者呼ばわりされたことに、少なからぬ苛立(いらだ)ちを覚えつつ私はつづけた。

「この国で一番の医者という、もっぱらの評判です」

いつも世話になっている、ありがたい得意なのに、私は思わず、あなた方は和田東郭を知るまい、華岡青洲を知るまいと思ってしまった。私はほんとうに大人げない。

「そうなんだ。じゃあ、だからなんだろうな。あの医者は決まって、その佐野淇一を名指しするんだよ。ならば、どこで診てもらえばいいんですか、と訊くと、小曽根村の佐野淇一先生しかありません、ってね」

話の流れから、もしかしたら、とは想っていたが、西島晴順が佐野淇一先生を名指ししたとはっきりと告げられると、やはり意外でしかなかった。

「でもさ、同じ国とはいっても、城下から小曽根村までは七里じゃきかない。行くとなったら泊りがけですよ。はい、そうですか、ってわけにはいかんでしょう」

「そうですね」

私は森田屋に詫びるように同意した。そして、意識して話を本筋に戻した。

「でも、きっと、西島先生はそれを承知で紹介しているんでしょうね」

「ま、そうだろね」

「泊りがけになっても行くだけの価値はある医者だと思っているわけですよね」

「ま、そうでしょ」

いったい、どういうつながりなのだろう。同じ医者どうしだ。医業に当たっているうちに、どこからともなく名医としての佐野淇一の話が耳に入ってきてもなんらおかしくはない。でも、西島晴順は医者としての来し方をひとことも語らぬ人だ。どんな修業をしたかを気取られぬために貝になる人だ。そういう人が、その程度のつながりで佐野淇一を名指しで紹介したりするだろうか。もっと、くっきりとしたつながりがあると観たほうが無理がないのではないか。

「いったい、どういう関わりなんでしょうね」

直ぐに思いつくのは、西島晴順が佐野先生の門人だったという筋だ。でも、佐野先生に師事したのなら、胸を張って師事したと語るだろう。師事はしたけれど、不祥事でもしでかして、そうと明かせぬのか。それとも、やはり、門人とはちがうのか。門人でなければなぜ佐野淇一の名を出したのか……。

「さあ、そこまではわからないね」

心なしか、声の色が乾いている。

「言ったように、あの先生は、そういうことは語らない人だから」

森田屋の腰が引けかけているようだ。彼にとっては長々と話しつづけるほどの話題ではないのだろう。

店の得意なのだから、森田屋も当然、本を好むわけだが、彼の本好きは『太平記』好きと重なる。正しくは、その評判書の『太平記評判秘伝理尽鈔』好きである。『理尽鈔』は楠木正成を祭り上げた書だから、つまりは、森田屋はこの〝日本一の名将〟をこよなく敬愛しているのである。そろそろ、正成に関わる本の話に移らなければならない。

「もしかしたら、佐野先生の門人だったのでしょうか」

最後の問いと決めて、私は口に出してみた。言われてみれば、ということだってあるかもしれない。

「さあね」

これ以上尋ねたら、大事な得意を一人失くしそうだ。私はいよいよ仕舞いにして丁寧に礼を言い、とにかく明日、佐野淇一先生を訪ねるしかないと思いつつ、頭を『太平記』の世界に切り替えた。


翌日、夜が明ける前に店を出て、小曽根村に着いたのは、午へあと半刻ばかりという頃だった。

面談の約束を取り付けているわけではないので、とにかく称東堂を訪ね、案内に出てきた若い門人に惣兵衛の紹介状を手渡して、佐野淇一先生の都合の付く刻限に出直して来たい旨を伝える。

「少々お待ちください。先生に伺ってまいります」

玄関から待合所は見えない。もしも、随分混んでいるようなら、明日でも明後日でももと思いながら若い門人を待つ。門人は二十歳(はたち)そこそこといったところだろう。修行僧のような、きびきびとした所作が気持ちよい。その動きを目に浮かべながら、今頃は佐野先生に話しているところかと想っていたら、すっとまた姿を現した。

「お待たせいたしました」

私はほんとうに「少々」待っただけだ。こういう間合いで伝えられる返答は、立て込んでいて時が割(さ)けない、という趣旨に決まっている。

「ただいま佐野はちょっと手がふさがっておりまして……」

私は落胆が顔に出ぬように心する。

「外すことが叶いませぬが、間もなく小半刻(こはんとき)ほどならば躰が空きますので、それでよろしければ、自習部屋のほうでお待ちいただきたいとのことです」

ほんとうか。会えるのか。

「どうされますか。お待ちいただけるなら、自習部屋へご案内しますが」

「お願いいたします」

私は即座に答を返した。やはり、惣兵衛の紹介状が効いたのだろう。称東堂を支えてくれている惣兵衛の恩義に報いるために、ない時をこじ空けたにちがいない。

「それでは、どうぞ」

門人は背中を見せて仄(ほの)暗い中廊下を行き、私はきっちり小半刻で終えなければならないと自戒しつつその背中を追う。

間もなく暗い色の板に七月の陽が滑り入って、中廊下は広い庭に面した回り廊下になる。庭は膝丈くらいの草で埋まっていて、小さな黄色の花が微(かす)かに揺れていた。

「柴胡(さいこ)です」

私の視線に気づいた門人が言う。

「これが柴胡ですか」

薬を躰で知らない私でも柴胡は知っている。和田東郭が「希代の霊方(れいほう)」と称えた四逆散(しぎゃくさん)の主たる生薬(しょうやく)が柴胡だった。他にも、柴胡を軸とした処方は数多いはずだ。

「初めて見ました」

「他にもいくつか栽培しています」

歩みは止めずに門人は言う。

「唐から入る生薬は高直(こうじき)ですからね。どれほど薬効に差が出るのか、試しているのです。生薬によっては、かなりいいです。助かっています」

門人は細面でまだ少年の風情を残すが、すでにして医家の芯のようなものが伝わってくる。やはり、修業は裏切らぬということか、と思いつつ足を動かす。

回り廊下はけっこう長い。角を右に曲がると庭の様子が変わって、私は問うた。

「芍薬、ですか」

花はつけていないが、芍薬の葉なら知っている。

「ええ」

門人は答えてつづける。

「芍薬、当帰、半夏、甘草……いろいろです。私は生薬づくりがけっこう好きです。なかなか想うようにはいかなくて、おもしろいです」

門人の為人が伝わって、廊下を行くほどに、私は寛いでいく。足の運びを快く感じ始めた頃、門人が言った。

「こちらです」

目をやると、十二畳はありそうな座敷が開け放たれていて、文机が四前置かれ、背後の壁は書架で埋め尽くされている。

書架も四連で、おそらく一連に収められている本は四百冊。ぜんぶで千五、六百冊といったところだろう。

本屋の私にとっては驚くような数ではない。私は万で数える蔵書を幾度となく目にしている。でも、医書だけで千五、六百冊となれば話はまったく別だ。

「すべて医書ですか」

敷居を跨ぐ前に、私は問うた。背表紙のない和本や唐本は縦に立て並べるのではなく、横に積み上げられる。書架を見やっただけでは、どんな蔵書なのかがわからない。

「ええ、佐野から、自由に手に取ってご覧になってくださいと言いつかっております」

「それは……」

なんと言ったらいいのか、もう、嬉しくて言葉が出ない。なにしろ本屋だから当然そういう欲もあったわけだが、そうも行くまいと思っていた。

「それでは、私はこれで失礼いたしますが、なにかお手伝いすることが残っていればお伺いいたします」

「いえ、もう」

好意は重々ありがたいが、私の足は書架の前に立ちたくてうずうずしている。本屋の私は兄の私を置き去りにして、もう、これだけで夜明け前に店を出た甲斐はあったと狂喜せんばかりだ。薄情な兄だとは思うが、どうにもならない。

「ああ」

でも、結局、私は門人を呼び止めた。

「はい」

「手を洗いたいのですが」

旅路のままの手で、貴重な本を扱うわけにはいかない。

「こちらです」

門人に導かれた手水で丹念に手を浄め、礼もそこそこに十二畳に戻った。

まずは、いちばん廊下に近い書架に手を伸ばす。

と、いきなり『医宗金鑑』九十巻だ。秋月藩医の緒方春朔がこの本を基に研究を重ね、日本初の人痘接種を成功させてから早三十四年近くが経つ。

最初から気圧されて、隣を見ると、『外台秘要方』四十巻。またしても大部だ。古典医書の校勘には欠かせぬ史料。価値は計りしれない。さらに、その隣は『景岳全書』六十四巻。どうやら、この最初の書架は大部で基となる唐の医書を収めてあるらしい。到底、在村医の蔵書ではない。

ここで学べば、〝軽々に医術を施す医者〟にはなりようがなかろうと嘆じつつ、腰を屈めて下段へ。と、そこには『張氏医通』十六巻、麻疹治療の基本文献。そのまた隣は『瘍医大全』四十巻。こんどは外科と来たが、もう、私は驚かない。驚かないが、興奮は冷めない。これまでは、人から聴いた話と、本を語る本で識るだけだった医書の本物が目の前にあって、自分の指で丁を捲ることができる。私はすっかり書架に魅入られて、刻の経つのを忘れた。

「いかがですか」

脇から声が掛かったのは、最後の四連目の書架を当たり終えて、半ば放心していたときである。慌てて顔を向けると、白髪頭の男が立っている。

「佐野先生でいらっしゃいますか」

「はい」

佐野先生は頷いて笑みを浮かべる。私は膝を揃え直してなんとか敬語を組み、両手を突いて挨拶を述べるが、頭がまだぼけっとして、唇の動きがどうもおぼつかない。

「そこは風が通りにくいので暑いでしょう」

先生はそう言ってから、廊下近くの文机の脇に座した。

「こちらへいらっしゃいませんか」

私も慌てて歩み寄って膝を折る。

「で、いかがですか」

向かい合うと直ぐに佐野先生は言う。

「はい？」

頭はまだきりっとしない。

「ここの本です」

「ああ！」

私は、そうか、そうか、そうだよな、と思う。私はここを訪れたとき、用件を伝えていない。惣兵衛の紹介状に書かれている私はまちがいなく本屋だろうから、紹介状に目を通した佐野先生は本のことで訪ねてきたと思うだろう。ならば、しばし、本のことを語らせてもらおう。この書架のことなら語りたいことがいっぱいある。あれもこれも語りたい。どれを最初に語ればよいのか困ってしまうほどだ。私は胸底で西島晴順の照会はかならずするからと佐助に誓い、唇を動かした。

「楽しかったです」

「楽しかった……？」

呟(つぶや)くように、先生は言った。

「はい」

そう、私は楽しかった。驚いたし、感心したし、学んだし、昂(たか)ぶったし、感銘を受けもしたが、なによりも私は楽しかった。

「そうですか」

視線を落として、うんうん、と顎を二度動かしてから、先生は反芻するように言った。

「楽しかったですか」

私は小さくうなずいた。

「いろいろな方が見えられましたが、楽しかった、と言われたのは初めてです」

ゆったりと唇を動かしてから、先生はつづけた。

「なにが楽しかったのですか」

「私も大いに楽しかったのですが……」

ひとつ息を吐いて、私は言葉を足した。

「なによりも本たちが楽しんでいるように感じました」

「本たちが？」

「ええ。本たちが楽しんでいるので、私も余計に楽しくなりました」

「おもしろいですね」

先生の瞳の奥が笑った。

「なんで、本たちは楽しんでいるのでしょうね」

それは、先生に声をかけられるまで、書架の前でずっと感じてきたことだ。

「私には本どうしが喋り合っているように感じられました。ですから、楽しそうだと。話が弾めば楽しいですよね」

「たしかに」

すっと受けてから、先生はつづけた。

「では、なんで話は弾んだのでしょう」

私は即座に答えた。

「それは、いろんな顔ぶれが揃っているからではないでしょうか」

「ほほお」

「いつも同じ顔ぶれだと、話すことが同じになって、仕舞いには口も重くなりますよね。話す前から結末がわかっているから、話す気も失せてきます。でも、こちらの書架はそうじゃない。実に多彩です。千年語り合っても話は尽きそうもありません」

「千年、ですか」

　笑みを浮かべて先生は受けた。

「こちらの唐の医書が著された時は、後漢末の建安（けんあん）年間から清（しん）の康熙（こうき）年間まで、千五百年近い開きがありますね。あるいは、千年語るくらいでは足りないかもしれません」

「なるほど」

「学派の垣根が消えているのにも、びっくりしました。古方派も後世方派も仲良く収まっています。時の開きだけじゃなく、書かれている中身の開きも大きいんですね。古方派の聖典の『傷寒論（しょうかんろん）』や『金匱要略（きんきようりゃく）』と、後世方派の『格致余論（かくちよろん）』や『内外傷弁惑論（ないがいしょうべんわくろん）』が隣り合っている。しかも、それぞれの掘り下げ方が深い」

　まさに釈迦に説法だと気づきつつも、唇は止まらない。熱に浮かされているように、私は喋る。

「傷寒論は『宋板傷寒論（そうばんしょうかんろん）』も『註解傷寒論（ちゅうかいしょうかんろん）』も揃えるのは当たり前なのでしょうが、宋板よりも前の、傷寒論を名乗らない傷寒論の系譜が並んでいるのを見たときはぞくっとしました。それに、『傷寒尚論篇』と『傷寒論条弁』、それに『傷寒論後条弁』。あれは、古方派が生まれるのを促したかもしれない書ではないでしょうか」

そこまで話したとき、案内されたときとは別の門人が盆に麦湯を二つ載せて現われた。ちょうど喉の渇きを覚えていて、先生の「どうぞ」という声がありがたかった。でも、話はこれからで、私はひと口だけ含むと直ぐにまた唇を動かした。熱は上がった切りだ。

「日本の医書だって凄い。傷寒論を考証した日本医家の著作は四百近いと言いますね。こちらには写本を含めて、その半数近くが備わっています。むろん、古方名家、後世方名家の著書とその解説書はことごとくある。蘭学の医書だってある。大槻玄沢や宇田川玄随はまあ、あるとして、杉田立卿や三谷公器まである。これだけ、多士済々ならば、話し甲斐もたっぷりでしょう。日々、楽しく語り合っているのではないでしょうか」

「ずいぶん勉強されましたね」

先生は穏やかに言うが、私はやはりしくじったと思う。この流れで出るその言葉が褒め言葉であるはずもない。私はいかに楽しい蔵書であるかを懸命になって説いたつもりだが、説き終えてみれば、俄か勉強をひけらかしていると受け取られても抗議はできまい。

学んだことは仕方がない。私は勉強しなければならなかった。佐野淇一先生のような本物の医者に話を聴くときのために。学びが足りぬせいで、至言を聴き漏らしたくはなかった。でも、学んだことを気取られてはならなかったのに、興に乗って語り過ぎてしまった。いかんな、と思いつつ、しょうがないじゃないかとも思う。こんな書庫と出くわしたら、つい、想いが溢れてしまう。浮かれてしまう。

「私の学びは耳学問であり、読み学問です。修業する者のように、地に足を着けて学ぶことはできません」

ふた口目の麦湯を含んで気持ちを落ち着かせてから、私はつづけた。私にはまだ先生に聴きたいことがある。ここで挫けるわけにはゆかない。

「ですから、わからないことだらけです。いま、いっとうわからないのは、なんでこのように、古方派も後世方派も同じ一つの器に仲良く収まっていられるのかです。私は『方証相対』と『弁証論治』は相容れぬものと理解しておりました。それが、そうではないことを、この書架の楽しさに諭されました。なぜ、同舟は可能なのでしょうか」

「それは簡単なことですよ」

答えてもらえないかもしれないと想ったが、先生はことも無げに言った。

「私が学者ではないからです」

あっ、と思った。

「学者なら相容れないでしょう。学者が理論を尊ぶのは当然のことです。理論をないがしろにしたら、学者ではない。ですから、『方証相対』と『弁証論治』が交じり合うことはありません」

染み入るように、先生の言葉が入ってくる。

「しかし、私は学者ではない。実地診療に携わる者です。村医者です」

先生も麦湯で喉を湿らせて言った。

「実地診療に携わる者の第一義は、患者を治すことに尽きます。東郭先生の言葉を借りれば、『とにかく十分の実意よりして病者の苦を救い、医の誠を尽くすというところを本としてすべし』です。診療に役立つものなら、古方でも後世方でもなんでも使うのです。東郭先生はまた『近方にて古方の闕を補うは後世に生まれし医師の幸い』とも説かれていました。患者を治す武器が増えるのですから、医師にとって後に生まれるのはありがたい限りなのです。例を挙げれば、近方の内托散に代わりうる処方は古方にはありません。私は古方が基軸ですが、たとえ内託散が『弁証論治』によって導き出された処方であろうと、患者のためになるなら躊躇なく使います。逆に、半夏瀉心湯のように、古方にあって近方にない処方もあります。『医の誠を尽くす』ためなら、隔てる垣根などたちどころに消えてなくなる。『方証相対』と『弁証論治』は、実地診療という場において、一つになるのです」

凄い、と私は思っていた。佐野先生のような人が、この小曽根村に居るのが、また凄いと思っていた。でも、私は余韻に浸っているわけにはいかなかった。最初に応対してくれた門人が姿を見せて、先生に耳打ちをしたからだ。もう、とっくに半刻は過ぎたかもしれない。私は慌てたが、先生は直ぐには立ち上がろうとしなかった。尋ねる間合いでないのは承知はしていたが、私は尋ねた。

「別の件で、先生に一つだけお聴きしたいことがあります。唐突ですが、西島晴順という名の者が、こちらに門人として居たことはあったでしょうか」

「幾つくらいの方ですか」

先生は理由は問わずに訊いてくれた。

「私と同年輩です」

少し間を置いてから先生は答えた。

「私の記憶ではそういう名前の門人はいなかったと思います。しかし、老人の記憶ですから、あるいは抜けておるかもしれません。門人は帳面に付けてあるので調べさせます。帰られるとき、結果を聴いてください」

安堵する私に先生はつづけた。

「こんどまた、ゆっくりお出でください。口訣のことなどをお話ししたいと思います」

「くけつ、ですか」

私は「くけつ」を知らなかった。

「口に、訣別の訣と書いて口訣です。『弁証論治』のように立派なものではありませんが、実地診療に当たる者には実地診療に当たる者の因果があります。こうだから、この処方になる、という因果です。『方証相対』がすべてではないのです。ただし、あくまで実地診療の場で着想を得たもので、理論と呼べるほどの大袈裟（おおげさ）なものではないので、文字には残さずに口で伝えます。それが口訣です」

そして、退出を告げた。

「では、診療に戻らせていただきます。それから……」

「はい」

「耳学問と、読み学問は大事です。とても大事です」

そうして、先生は腰を上げた。

称東堂を辞去するとき、私は生薬づくりが好きな門人から、結果を聴いた。

西島晴順はやはり、門人には居なかった。

私は諦めきれずに、その生薬づくりが好きな門人にも、西島晴順という名に心当たりがないかを尋ねてみた。

「申し訳ありませんが、お役に立てません」

門人は言った。

なにかを隠している風はまったく窺（うかが）えなかった。

もしも、門人だったとしたら、西島晴順という人物への理解は一気に深まっただろう。なぜ、かつては己れに自信がなく、見立てもあやふやだったのに、いまはひとかどの医者と見られているのか、佐野先生や同期の門人たちから話を聴くことができただろう。

でも、西島晴順は門人ではなかった。門人ではなかったことがはっきりすると、西島晴順はもっとわからなくなった。西島晴順と佐野先生を結ぶ糸という、ようやく辿り着いた手掛かりがぷっつり切れて、どうやって別の糸を手繰(たぐ)り寄せればよいのかが、まったく見えてこなかった。

西島晴順は門人ではなかったが、だからといって、修業をせずに医者になった者であることにはならない。諺解書を読んだだけで医者になった者にもならない。門人ではなかったという、かなり重要な事実が明らかになったのに、西島晴順の理解にはなんら結びつかないのだった。打つ手のなくなった私は、ともあれ、この目で西島晴順をたしかめるしかないと思った。

むろん、矢恵の体調が思わしくなかったら、佐野先生への薬替えを持ちかけるつもりではいた。西島晴順は黒と決まったわけではないが、灰色ではある。躰のことだ。なんで、わざわざ灰色にかかりつづけなければならない？　さっさと、真っ白な医者に替わったらいい。でも、矢恵の調子はけっこう良いようだった。そして、佐助はすっかり西島晴順に信を置いていた。私は注意深く、見守らなければならなかった。

八月の診察日が来て、その日は私も付いていった。とにかく、西島晴順という人物を目に焼き付けなければならない。矢恵と佐助と私の三人で、大工町へ向かった。

「先生にはもう兄さんのことは話してあるんだ」

路々（みちみち）、佐助は言った。

「この城下で本屋をやっている兄が居るってね。そしたら、先生も会いたそうだった。欲しい医書があるらしいよ」

私は話半分にも聴いていなかった。その手の話が実際の商いに結びつくことは稀（まれ）でしかないこともあるが、それ以上に、私の頭は西島晴順という人物を見極めることで塞がっていたからだ。

とにかく、最初のひと目だと思った。なんにも手掛かりがないのだから、勘でも閃（ひらめ）きでも頼りにするしかなかった。

診察が終わると、出てきた矢恵と佐助の傍らに西島晴順も居た。

私は食い入るように西島晴順の顔を見つめ、瞳の奥を見抜こうとした。

が、うまくいかなかった。

目を伏せたっ切りで、まともにこっちを向こうとしないのだ。

生糸の仲買人の山代屋は、かつての西島晴順を、「おどおどびくびくして」いて、「あやふや」で「見立てがくるくる変わる」と言ったが、私の目には、それがけっして昔話ではないように映った。

そして、これが難儀なところなのだが、ならば西島晴順は、己れの経歴を偽って医者の看板を掲げた、許すべからざる輩（やから）にしか見えないかというと、それがそうでもないのだった。

「おどおどびくびくして」映るのは、気持ちの細やかさの顕（あらわ）れかもしれぬし、「あやふや」で「見立てがくるくる変わる」のも、決めつけることをしないがゆえの誠実さと取れなくもない。

つまりは、私の勘と閃きは、西島晴順を悪人とも、駄目医者とも見なしていないわけで、いったいどういうことだと訝（いぶか）りつつ、とりあえず私は、矢恵の急な変調に対応してもらったことへの礼を述べた。ひと月前、発作の起きた矢恵を助けてもらったのは紛れもない事実だ。

礼の言葉を口にしながら、あるいは話を交わせば、また印象も変わってくるのではないかと想ったが、西島晴順は「えっ」「いや」「はあ」とか、意味を成さない言葉を並べるばかりで、話がつづかない。本の話にでもなれば会話になるのかもしれないが、案の定、西島晴順の口から「欲しい医書」の話なんて出てこない。印象は黙していたときとなんにも変わらない。

西島晴順は悪人ではないにしても、明らかに変ではあるわけで、それは当然、佐助や矢恵も気づいているはずなのだが、二人はまったく気にも留めていないようだ。

手掛かりもなく、勘働（かんばたら）きにも頼れないとなると、私にはもう打つ手がない。ま、とにかく、診療所を出たら二人と話をしてみようと思った。というか、そんなことくらいしか思いつかなかった。

佐助と矢恵にしても、ここでは患者として医者に気を遣っているのだろう。だから、西島晴順の変振りに気づかぬよう振る舞っているのだろう。表へ出たら、昏だってゆるむはずだ。私は口をぱくぱくさせる池の鯉みたいになって診療所をあとにした。

けれど、往来へ出て、さあ、話すぞと意気込む私に佐助は言った。

「じゃあ、兄さん。俺はちょっとだけこっちの客と寄り合わなきゃならないんで、矢恵を頼むよ」

今回、二人は松月堂を宿代わりにしている。

「夕には戻るから」

いくら西島晴順を信頼しているといっても、診察の直ぐあとくらい、ああだこうだと話すこともあるだろう。寄合よりもそっちのほうが大事なんじゃないかと思ったが、こっちの返事を待たずに佐助は背中を見せる。やはり、西島晴順にはなんの問題もないと見なしているようだ。なんだか、佐助まで変に思えてくる。でも、ま、考えようによっては、佐助よりも矢恵と二人で話したほうがよいのかもしれないと私は気を取り直した。

佐助が話したとおり、矢恵は読み書きを好んで、親に言われなくても自分から進んで手習所へ通ったような利発な娘(こ)だ。本屋の伯父さんが居ることを、親類中でいっとう喜んでくれるくらい本が好きでもある。加えて、小さい頃から病と付き合ってきたせいなのか、私なんぞとは比べものにならないほど勘が働く。西島晴順についても、きっと矢恵なりの見方を持っているにちがいない。西島晴順を信頼し切っている、あるいは信頼したがっている父親を慮(おもんぱか)って口に出さないことだってあるだろう。本屋の伯父さんと二人きりになれば、閉ざしていた蓋が開くかもしれない。私はむしろよかったのだと思うことにして、店への路を行った。

大工町からの路すがらには、太子堂がある。聖徳太子が大工の神様だかららしい。前を通りかかると、甘酒と染め抜いた幟が立ち並んでいて、矢恵が飲みたいと言い出した。「咳には甘酒がいいんですって」と言葉を足す。

「先生が言ったのか」

夏負けを癒す滋養たっぷりの甘酒だから喘病にだって悪いはずがないとは思うが、やはり、気になる。

「いまの先生じゃなくて、前の先生が言った。躰に力をつけなさいって」

「前の先生……御国でかかっていたほうの？」

「そう」

ということは、矢恵はいまの西島晴順よりも、ほんとうは地元の医者を信用しているということにならないか。

「じゃ、躰に力をつけるか」

「うん」

矢恵と私は石畳を踏み、境内の茶屋へ向かった。

「伯父さんは凄いね」

床机に並んで座ると、早速、矢恵は言う。

「そうかな」

「紙屋から本屋になるなんて凄い」

そうそうは会えないが、顔を合わすと矢恵はいつも私を褒めてくれる。勘の利く矢恵に褒められると嬉しい。

「私も本屋になりたい！」

そして、いつも、その言葉がつづく。繰り返し聴いていると、矢恵がほんとうに本屋になりそうな気がする。

「本屋は力持ちじゃないとなれないよ」

私も、いつも、そう返す。

「矢恵の五人分くらいの重さの本を背負って売り歩くんだ」

「私は行商はしないの」

「そうか」

「お店を動かないで、詰めかけるお客に売ってやるの」

「そのくらいの凄い本をつくるんだね」

盆に載せた甘酒が届く。江戸ならば運ぶのは錦絵に描かれるような若い娘だろうが、ここでは婆さんだ。

「それにしたって躰に力をつけなきゃ。ほら、熱いから気をつけて」

私は甘酒の入った茶碗を矢恵に渡す。

「本をつくるのに力は要らないでしょ」

「躰に力をつけないと、根気がなくなる」

ひと口、甘酒を含んでからつづけた。

「根気がなくなったら、お客が詰めかけるような本はつくれないよ。だからね、焦らないで、じっくり力をつけていこう」

「だいじょぶかな」

「まだ、時はたっぷりある。ぜんぜん、だいじょうぶさ」

「いい先生も見つかったしね」

ん、と私は思う。

「いい先生って、西島先生のこと?」

「そう」

どういうことだ……。

「西島先生は……どういう人だろう」

恐る恐る、私は訊く。

「そう」

「いい人」

「いい人……か」

矢恵は、西島晴順よりもほんとうは地元の医者を信用しているんじゃなかったのか。

「そう、凄くいい人」

さっきの言葉は、ただ、ありのままを言っただけということか。

咳には甘酒がいいと言ったのは西島晴順ではなくて、国で前にかかっていた医者であるという事実を口にしただけか。

「優しいの。とっても」

信用してるとか、してないとか、そういうことはぜんぜん関係なかったんだ。

「なんか、ちょっと変だとか、思ったりはしないかい」

それでも、私は粘ってみる。

「ええ!?」

矢恵は顔ごと向けてまじまじと私を見る。その目は、私を変だと言っている。先生のことをそんな風に言う人は変だ、と。

「伯父さんがなにを言ってるのかわからない」

こいつは駄目だと私は思う。言えば言うほど、私は変な人になっていく。本屋を始めた自慢の伯父さんの座から転げ落ちる。

「ねえ、伯父さん」

「んん」

余計を語るな、と私は自分を制す。

「先生はね、父さんと同い齢。伯父さんより三つ下」

「そうなのか」

「伯父さんにとっては弟みたいなもん」

それは、齢廻りだけからすればそういうことになるかもしれないが……。

「だから、先生がなにか困るようなことがあったら、伯父さんが助けてあげてよね」

おいおい。

「先生、この土地には親類はもちろん、知ってる人とかも居ないみたいなの」

不意に、私は思いつく。

もしかして、それをきちんと言うために甘酒を飲みたいと言い出した？

「いまの先生じゃなくて、前の先生が言った」と伝えたのも、そう言えば、私がどう動くか見当がついたから？

「城下での知り合いは伯父さんだけ。だから、お願いね」

矢恵の勘働きはやっぱり凄い。

私は「知り合い」じゃあないぞと思いつつも、諦めて言った。

「わかったよ」

もちろん、私は自分から進んで西島晴順を「助けてあげ」ようとは思わない。いっぽうで、西島晴順の医師としての不可解を明らかにしようとする意欲も、腰を折られたような感じになっている。

親子ともども西島晴順を信じているのなら、それはそれでいいじゃないか、という気にならないでもない。

とはいえ、やはり、矢恵と佐助がなにを考えていようと、伯父として、兄として、やるべきことはやらなければならないとする気持ちもあるわけで、私はなんとも宙ぶらりんのまま、それからの数日を過ごした。

西島晴順が突然、松月堂を訪ねてきたのはそんな頃である。

おずおずと店に入ってきた、私の目には相変わらず変な西島晴順は、無言のまま、さして広くはない店内を巡って、本の束に目をやっているのだが、明らかに本を見てはいない。おそらく、私から声が掛かるのを待っているのだろう。

日頃、私は声掛けを控える。客が存分に、本と交わって欲しいからだ。初めての出店なのに、柄にもなく狭い店にしなかったのも、店の者である私に気兼ねしてほしくなかったからである。店が狭いと、店主の縄張りの割合が広がって、客の気分を圧迫する。

だから、いつもの習いで、どうしようかと思ったが、そのとき矢恵の「先生がなにか困るようなことがあったら、伯父さんが助けてあげてよね」という声がよみがえって、私は番台を下り、西島晴順の傍らに立った。

「これは先生」

まずは、できるだけ短く、さりげなく、ちゃんと覚えているよ、と伝える。たぶん、西島晴順のような人には大事なことだ。

「なにか、お手伝いすることはございますか」

「あ、あ」

待っていたかのように、西島晴順は用意してきた紙を寄こす。

見ると、傷寒論の解釈書の書名が二つ記されている。意外にも、字はきれいだ。というよりも、稽古で鍛えられた字だ。

「あり、ますか」

おっ、と私は思う。初めて耳にする、西島晴順のまともな文句だ。ただし、相変わらず目は合わせない。

「傷寒論の解釈書ですね」

求めている本を伝えられた私は、九割がた本屋になる。伯父と兄は一割に退（ひ）く。

「いま、その、傷寒論を、読み直しています」

「ほお！」

私はちゃんと話ができることに驚き、傷寒論を読み直していることに驚く。

「『註解』ですか」

「いえ」

これで西島晴順が、傷寒論にもいろいろあることを弁えているのがわかる。

「『宋板』、のほうです」

傷寒論は一つではない。いま日本で手に入る傷寒論だけでも三つある。それぞれ十巻の『宋板傷寒論』と『註解傷寒論』、そして、いっとう広く用いられている簡略版の『小刻傷寒論（しょうこくしょうかんろん）』だ。

「最初は、『註解』のほうを、読んだのですが……」

西島晴順はつづける。

「思うところあって、『宋板』を、読み直しているのですが、いくつか、疑問があって」

「それで、解釈書を読んでみようか、と」

「はい」

私は思わず息を漏らす。

こんな大事な話が、こんなに呆気ない成り行きで語られるなんて……。

西島晴順の言葉をそのまま信じれば、彼は十巻の原典の医書を読了し、いままた、十巻の原典の医書を読み進めていることになる。

つまり西島晴順は、手軽な諺解書を読んだだけで医者になった者ではない、ことになる。

そして私は、西島晴順の「読んだ」という言葉を信じる。

彼は私と目を合わせないが、嘘はついていないと察することができる。それはそれ、これはこれ、である。

彼への疑念の、最も大きな一つが消えたということだ。

まさか、店に居るだけで、諺解書の問題に片がつくとは想ってもみなかった。

ただし、これで無罪放免となるかどうかはまだわからない。

西島晴順は、諺解書を読んだだけで医者になった者ではなくなったが、師匠に付いて修業を積んだ者かどうかはまだ不明のままだ。そして、十巻の原典を読む西島晴順はいまの西島晴順であり、山代屋の知るかつての西島晴順が十巻の原典を読んでいたかどうかはわからない。

しかし、だ。大事なのは、いま、だ。たとえ師匠に付いていなかろうと、その昔は諺解書頼みであろうと、いま、名医とする者も居るほどの医術を備えているのであれば、ひとかどの医者として認めるのにやぶさかではない。無罪か無罪でないか選べと言われれば、無罪とも言おう。

それでも、だ。私の胸底のしこりは消え切らない。

罪は消えた。だからこそ、吹っ切りたいのだが、吹っ切れない。

かつての西島晴順がいまの西島晴順に変わる、その境い目は、いまに至ってもまったく見えていない。

たしかに、私はかつての西島晴順をこの目で捉えていない。山代屋をはじめとする他人の話で像をつくっているだけだ。もともと、そんな境い目などなかったのだと言われれば、反証はできない。

けれど、反証はできないが、受け入れることもできない。感じるのだ。境い目はたしかにあった、と。西島晴順が人と目を合わさず、いつもおぼつかなげなのは、気質だけではない、と。責めているのではない。ただ、知りたい。矢恵が「とっても」「優しい」と言い、「凄くいい人」と言う西島晴順の境い目を。それを知らないと、知らぬ間に西島晴順が、「とっても」「優しい」「凄くいい人」でなくなってしまいそうな気がする。きっと矢恵が、凄く悲しむ。

「あいにく、こちらの解釈書はいま置いておりません」

諺解書を読んだだけで医者になった者ではなくなった西島晴順に、私は言う。

「医書はこれから力を入れようとしているところなので、まだ在庫が十分ではないのです」

医書の在庫がまだ十分ではないのはほんとうだ。大部の医書となると、あらかたが唐本になる。医書をやるからには、唐本までやりたい。原典までやりたい。さもないと、諺解書頼みの

"軽々に医術を施す医者"の乱造を手伝うことになりかねない。けれど、唐本は唐本専門の書物問屋の扱いになるので、しっかりと腰を入れて渡りをつけなければならない。いまはまだ、どこまでやるのかを見切ろうとしているところだ。

だから、和の医書を含めて在庫がいまひとつなのはほんとうだが、西島晴順が指定した解釈書を置いていないのは嘘だ。これはと目星をつけて、取り寄せた本の中にその二書はあった。私が読んでしまったから、売るなら古書ということになるが、それでよいなら譲ることはできる。なのに、そうしなかったのは薦められないからだ。私は矢恵から「伯父さんが助けてあげてよね」と頼まれている。薦められないものを売るわけにはゆかない。薦められない理由はそれぞれだが、どちらにも共通している理由は、実地診療の場で格闘している医師の役に立とうという、気概と配慮に欠けていることだ。他のことなら目を瞑(つむ)っても、こいつはいけない。

「その代わり、というわけではありませんが、これはという本があります。去年、板行(はんこう)されたのですが、なかなか手に入らず、ようやく昨日、届きました」

私は言う。

「なんという、本ですか」

「『傷寒論輯義(しょうかんろんしゅうぎ)』です。多紀元簡(たきもとやす)の」

「多紀、元簡ですか……」

そんな名前の大きい著者とは想っていなかったらしい。多紀元簡は考証医学の祖であり、江戸医学館を主宰した教育者であり、奥医師でもあった。

「でも、多紀先生は、もう、亡くなっていませんか」

「亡くなってから十三年経っての板行です。これもなにかの縁でしょう」

もちろん、私は多紀元簡が名のある医家だから『傷寒論輯義』を薦めたわけではない。元簡には、奥医師を罷免された履歴もある。その理由ももっともなものだ。とはいえ、著作はまた別だ。なによりも、『傷寒論輯義』は視野が広い。実地診療の場で迷い、ともすれば、思い込むがゆえに袋小路にはまりかねない医師たちになによりも必要なのは、視野の広さだろう。おそらく西島晴順も、その迷う医師たちの中に居るはずだ。

「七巻十冊ですが、もしも興味があるようでしたら、何巻か持って帰られてください」

私は西島晴順を、『傷寒論輯義』を置く台に導く。

「本は相性です。先生がいま求めているものとの相性です。読んでみて、合わなかったらお返しください。もしも合ったら、そのときはお求めください」

「それは……いまは、代金は要らぬ、ということですか」

「ええ」

「しかし、それでは……」

「いや、別段のことではありません。本屋は得意に対しては留置(とめおき)という売り方をします。数巻、数十巻の書物の場合は何巻かを見本として置いていって、目を通していただいた上で購入を判断してもらうのです」

「でも、私は、得意、ではありません」

「いずれ、得意になっていただく時が来るかもしれません。遠慮なさらず、どうぞ」

「ほんとに、いいんでしょうか」

「どうぞ、留置ですから」

「では……甘えます」

言うと、西島晴順は懐（ふところ）から風呂敷を取り出して、三巻三冊を包んだ。

そして、初めて私と目を合わせて、小さく笑った。

その目を見た私は、もう、自分から動いて西島晴順の境い目を追うのは止めようと思った。

今日はなんにも動かなかった。

でも、いままでいっとう収穫があった。

なによりも、目が合った。

私は境い目のほうから、やって来るのを待つことにした。


動かないことにした私は、その分を佐野淇一先生への訪問に割くことにした。

この前、訪ねたとき、最後に先生は「こんどまた、ゆっくりお出でください」と言ってくれた。「口訣のことなどをお話ししたいと思います」と言ってくれた。私は口訣の話を「ゆっくり」聴きたかった。

こんどはきちんと時を取っていただこうと、私は書状を認(したた)めた。先生の都合がつく日取りを指定していただければ、その日時に伺いますと書き送った。

私は返書を心待ちにしたが、なかなか届かなかった。そして、ようやく目にすることができた文面は、先生の手ではなかった。

おそらく、あの生薬づくりが好きな門人が筆を取ったのだろう。先生は心の臓の発作で、しばらくは安静にしなければならないという趣旨が書かれていた。お見舞いは遠慮していただきたいとも書かれていた。

徒事(ただごと)であるはずもなく、私は消沈した。この前、「耳学問と、読み学問は大事です。とても大事です」と言って診療に戻っていく先生と、門人の手紙に書かれている先生の落差が大き過ぎた。

だから、九月に入って、称東堂からの手紙が届いたときは、封を切る前から喉が強張(こわば)って、大きく息をしてから文字を追った。

でも、何度読み返しても、そこに、私が恐れた文言はなかった。手は、生薬づくりが好きな門人のものとはちがっていて、読んでから、それが淇一先生の手とわかった。手紙には、九月の十二日、午八つにお出でください、と書かれていた。先生は持ち直したのだった。

その十二日、午八つ、称東堂を訪ねると、先生は生薬畑に居て、芍薬の刈り取りをしていた。芍薬は秋が深まって茎や葉が枯れると、滋養がすべて根に集まるように、地面から上をばりばりと取り払う。「躰を動かして大丈夫なのですか」と訊いたら、「躰は動かさなければいかんのです」と返ってきた。鎌を動かす先生を見て、私はようやっと先生は大丈夫なんだと思うことができた。

「でも、ま、あなたが見えられたから、座りましょうか」

そう言って置かれた床机に腰を下ろし、「あなたもどうぞ」とつづけた。並んで座ると、目の前には枯れ茎を残す芍薬と刈り取られた芍薬が並ぶともなく並んでいたが、不思議と殺風景には感じなかった。

「あまり心の臓には用いない方剤(ほうざい)を使ってみたら、なんとかなったのですよ」

畑に目を向けたまま、先生は言った。

「いわゆる『同病異治(どうびょういち)』です。同じ症状や病気に対して異なる治療が行われる」

言葉ははっきりしていた。

「逆に『異病同治(いびょうどうち)』もあります。異なる症状や病気に対して同じ治療を行う。漢方の特色ですね」

息も上がっていなかった。

「なんで『同病異治』や『異病同治』が起きるかというと、漢方の処方が方剤、すなわちいくつもの生薬が集まっている薬剤だからです。蘭方のように、一つの症状に一つの薬剤ではない。ここに、口訣が生まれる余地があります」

口訣の話はもう、始まっていたのだった。

「たとえば、今回の私の症例です。ふつうなら使わない方剤を使う前に、私はふつうに使われる方剤を使っていました。でも、結果は思わしくなかった。で、ふつうなら使わない方剤を使うことにしたのですが、私は医師ですから、単なる思いつきでその方剤を選んだわけではありません。選択の要点はいくつもあります。そのとき私は、私の症状のどこをどう捉えて、どういう状態にあると診たのか、そして、なんで、ふつうなら使わない方剤ならどうにかなりそうだと判断したのか、ふつうなら使わない方剤のどこに着目したのか、さらには、ふつうなら使わない方剤をどう使うのか……そういったことがみんな口訣になるわけです」

「でも、それは……」

先生は私でもわかるように説いてくれた。だから、私は質問することができた。

「口訣ではなくて、医方書(いほうしょ)に刷られてよい内容なのではないでしょうか」

「良い質問です」

即座に、先生は答えた。

「そのとおりなのですよ。医方書に載ってよい内容なのです。ただし、処方例が数多く集まればね。一例では駄目です。数例でもね。たまたまかもしれないからです。でも、一例でも数例でも、その記録を残す意味はあります。そういう記録が集まって数多い処方例になり、あなたの言うように、晴れて医方書に載るからですよ」

「よくわかります」

「一例や数例を、伝える意味もあります。とりわけ、医家を志す者たちに伝える意味は大きいです。私のような処方例が起こりうることこそが、まさに漢方なのです。『同病異治』の漢方だからこそ、私は持ち直しました。それをまざまざと、あたかも自分がその診療の場に居たかのように、理解させることができます。それが、口訣の意味なのです」

先生の話を聴きながら、私はもったいないような気がしてならなかった。先生の話を、自分一人で聴くのがもったいなく、自分にはあまりに過ぎた、贅沢をしていると感じた。そして、なんで先生は、私一人に時を割いて、それも、回復したての貴重な時を割いて、医の本髄に迫るような話を、語ってくれるのだろうと思った。胸底で自問しつづけるには、あまりに不可解で、私は思わず口に出した。

「それはもちろん、あなたが本屋だからですよ。この国で唯一の本屋だからです」

先生は言った。

「医療にとって、書物はすこぶる重要です。日本の漢方がここまで育ったのは、書物のお蔭と言ってよいのです。日本の医の教師は常に唐でした。まったくもって偉大な教師で、日本は有史以来ずっと模倣に終始してきました。ようやく、医の学派と呼べるような集まりが形づくられたのは、室町の終わりから慶長（けいちょう）にかけてです。なぜ、その頃だったのか……。製版の技が使えるようになって、書物がどんどん刷られるようになったからですよ。その大量の書物の中に医書もあった。唐の医書も簡単に和刻できるようになったし、増えつづける日本医家の医術も医書で世に問えるようになりました。朝鮮や越南（ベトナム）のように、直に唐の名医の指導を受けられない日本では、医書こそが教師でした。唯一の教師だったのです。医家たちは懸命になって医書を研究し、日本独自の医療が展開されるまでになりました。いま日本の漢方は、唐とは別の路を歩んでいます。それもこれも、医書があったからです。私たちとあなた方は、一体なのですよ」

先生の語ったことは、私も知識としては備えていた。けれど、それを、自分に関わることとは感じていなかった。自分はその知識の、当事者ではなかった。先生は私に、医の外側に居て観察する者ではなく、内側に居る者なのだと言っていた。

「そうそう、話は変わりますが……」

まだ医書の話を反芻している私に、先生は言った。

「今日、あなたにお越しいただいたのは、口訣をお話しするためだけではないのです」

直ぐには、頭が切り替わらなかった。

「称東堂も代が替わることになりました」

えっ、と思った。消えようとせぬ医書の話が、瞬時に掻き消えた。

「私も持ち直しはしましたが、やはり、いままでのようにはゆきません。この仕事は無理をして当たり前なのですが、その当たり前がこなしにくくなりました。ちょうど十一月に息子も帰ってくるので、私は控えに回ることにしました」

予期していたことではあるけれど、ほんとうに耳にしてみれば、やはり意外だった。なにか大きなものが欠ける気もして、名主の惣兵衛が言った「私はね、この村を日本で一番豊かな村だと思っているんですよ」という言葉が思い出された。

「日本で一番、ですか」と私が問うと、「ええ、日本で一番。むろん、村高のことなんぞを言っているのではありませんよ。村高もそこそこではありますが、村高ではありません。村の者たちが医の不安なく暮らせるということですよ。医家佐野家の三代目、淇一先生が居てくれて、四代目の淇平先生も控えてくれている。もうね、安心し切っていられるんです」と返した。そして、つづけた。

「そりゃあね、いくら淇一先生だって神様じゃあないんだから誤ることだってあるかもしれません。でもね、みんな思ってるんですよ。淇一先生がまちがうんなら、それはもう仕方ないって。それで命を落とすとしたら、それはもう寿命なんだって。そういう風にね、信頼し切ることができるというのは、この御代にあってはすごく贅沢で、豊かなことでしょう」

息子の淇平先生は、紀州は名手村の、あの華岡青洲の春林軒で研鑽を積んでいる。優秀なことは疑いなかろう。後継として不足はないどころか、これ以上望みようもない医家が跡を継ぐことになるのだろう。でも、「淇平先生がまちがうんなら、それはもう仕方ないって。それで命を落とすとしたら、それはもう寿命なんだって」と村人に言われるようになるまでには、ずいぶんな時がかかるだろう。

「それで、いろいろなものを整理し始めたんですけどね」

今日の淇一先生には、驚かされることばかりだ。

「そしたら、出てきました」

「なにが、ですか」

「手紙ですよ」

今度はいったいなんだろう。

「手紙……?」

誰からの手紙か。私に言い出すからには、その手紙の主は私と関わりがあるのか。私とも淇一先生とも関わりがある人物といえば、惣兵衛くらいしか思い当たらないが、しかし、いまさら惣兵衛からの手紙をこの話の流れで持ち出すか……。

「西島晴順からの手紙です」

「はっ……」

一瞬、「にしじませいじゅん」と「西島晴順」が重ならなかった。

「あの、この前、私がこちらに門人として居たかどうかをお尋ねした西島晴順でしょうか」

私はたしかめずにはいられなかった。

「さようです」

「それはまた、どういう成り行きで。彼は門人ではなかったんですよね」

「ええ、門人ではありませんでした」

間を置かずに、先生は言った。

「門人ではありませんでしたが、門人になろうとはしたのです」

どういうことだ。

「日付けからすると、八年前です。入門したい、という希望を伝えてきました。出てきた手紙というのは、その折りの願書だったのです。それを見て思い出したのですが、彼はこの称東堂にも訪ねてきました。私と顔合わせをするために」

「ということは……」

ひとつ息を吐いてから、つづけた。

「西島晴順はそのときの先生との顔合わせで、不可となったのでしょうか」

「いいえ」

淡々と、先生は答えた。

「私は彼と会っていません。西島晴順は訪ねてきて、私を待っていたはずなのですが、私が行ってみると消えていたのです」

「消えていた⁉」

「前回、待っていただいていた、書架のある自習部屋がありますね」

「はい」

「そのときも、あそこで待ってもらっていました。そんなには待たせなかったつもりです。待ち疲れて帰ることも、怒って帰ることもなかったと思うのですが、でも、西島晴順は消えていたのです」

「それ以来、西島晴順は?」

「むろん、一度たりとも姿を現わしていません」

だから、西島晴順は、自分では治せない病を治す「然るべき」医者として、佐野淇一先生を名指ししたのだ。

つながった、と思った。

残る疑問は、なぜ西島晴順は消えたのかだけだった。

それがわかればおのずと、境い目も見えてくるはずだった。

小曽根村から戻った私は、直ぐにでも西島晴順を問い詰めようかと思った。なんで、あの自習部屋から消えたのかを、聞き質そうと思った。

でも、止めることにした。

いまの西島晴順とかつての西島晴順との境い目は、私が動くのを止めた途端、向こうから滑り寄ってきた。称東堂への訪問は、それをよりはっきりさせた。私が再び動き出したら、せっかく近くまで来ているものが遠ざかっていく気がした。

それに、私が動いて消えた理由を突き止め、境い目がくっきりしたとしても、問題の束は解決されないような感触があった。

事の真相は明らかになったとしても、それで事態が良くなることはない。西島晴順がびくびくとしなくなり、人の目を見て話ができるようになり、医術のムラがなくなって、これからも安心して矢恵を預けられるようになるわけではない。

もしも、それを望むなら、このまま境い目のほうからやって来るのを、待たなければならないと私は感じていた。動いて暴くのではなく、待って明らかになれば、傷が自然に塞がるように、問題が自分で問題を修復していく……。

誰に聴いたのか、いまとなっては思い出せないのだが、いまここに、同じ病を患っている者が二人居るとする。二人はともに、健康と落命のちょうど中間にある。二人はまったく同じようだが、実はまったくちがう。一人は治っていく途上で中間に居て、もう一人は悪くなっていく途上で中間に居る。治っていく者はもう放っておいても治るが、悪くなっていく者には速やかに然るべき治療を施さなければならない。私は西島晴順に、治っていく途上で中間に居る者を見ていたのだった。

初めて顔を出してから、西島晴順は、三回、店を訪れていた。

一回目は、『傷寒論輯義』の残り四巻七冊を受け取って、代金を支払うため。西島晴順は『傷寒論輯義』を気に入って、七巻十冊を購入してくれたのだった。二回目は『医方大成論（いほうたいせいろん）』一冊のお買い上げと、目を合わせての三言（みこと）、四言の会話。そして、三回目は店内の物色と、目を合わせての五言、六言の会話。西島晴順は目を合わせて話すことの稽古に来ているようだった。私は、矢恵に頼まれたからではなく、稽古に付き合っていく気になっていた。

だから、九月の診察日が来て、矢恵と佐助が店に姿を現わしても、診療所に付き添うのは止めた。自分からは動かないと腹を据えたつもりだが、いざ顔を見たら、なんで消えたのかと唇が動いてしまうかもしれなかった。大工町へ迎えに行きたくなるのをなんとか堪（こら）え、私は店の番台で帰ってきた二人を迎えた。

戻った佐助はいつもの佐助だったが、矢恵は妙に不機嫌で、私を認めると咎（とが）めるような目を寄越した。

「どうした」

私は問うた。

「先生がすっごく元気がなかった」

矢恵は答えた。

「そんなことないだろう」

佐助が割って入った。

「いつもの先生だったじゃないか」

「そんなことある！」

矢恵の体調は相変わらずわるくないようだった。

「いつもとぜんぜんちがう」

そして、私に矛先（ほこさき）を向けた。

「伯父さん、ちゃんと先生のこと助けてあげてる？」

答える代わりに、私は訊いた。

「そんなに元気なかったか」

「ひどいよ」

「だから、そんなにひどくないだろう」

また佐助が割り込む。

「帰り路のあいだ、ずっとこうなんだ」

私に目を向けて佐助は言った。

「おかしいとこなんてないのに」

私は矢恵に訊いた。

「どんな風に元気がなかった？」

この際、佐助には用がなかった。西島晴順のことなら矢恵だ。

「もう、思い詰めている感じ。あれは、よっぽど辛いことがあったんだよ」

佐助は匙を投げたような顔をして、框に上がり、奥の座敷に引っ込んだ。

「辛いこと、か……」

「伯父さんに、なんか相談とかなかったの」

「本の相談ならあったけどね。ちょっと前だけど」

私は矢恵の目をまったく疑っていなかった。矢恵がそう言うなら、西島晴順は「よっぽど辛いこと」があって、「思い詰めて」いて、「いつもとぜんぜん」ちがって、「すっごく元気がない」のだ。

なにがあったんだろう。といっても、考えようがない。私が知っている西島晴順は西島晴順の全体のどれほどなのだろう。一割か一分か一厘か。いずれにせよ、知らない割合のほうが遥かに多いだろう。「よっぽど辛いこと」はそっちで起きたと観たほうが誤らずに済むのだろう。でも、そうしたら話はそこで終わってしまうから、一割か一分か一厘かのほうで考えると、これは、佐野淇一先生が危ういところから持ち直したものの、代は替わることになったくらいしか見当たらない。そうだ、と言うのではなく、他には、なんにもない。

称東堂の自習部屋から消えたあとも、西島晴順は折に触れて淇一先生の消息を得ていたのだろう。少なくとも、存命であることを弁えていなければ、「然るべき」医者として名指しすることはできない。だから、私はまだ今回の淇一先生のことを西島晴順に語っていないけれど、彼は、佐野淇一先生が危ういところから持ち直したものの、代は替わることを知っていると観てよいだろう。

問題はなんでそれが「よっぽど辛いこと」になるかだ。

名指しをするからには、きっと西島晴順は医師としての淇一先生を敬愛しているのだろう。なのに、なんで消えたのかはこの際置くとして、だから、代替わりを惜しむのならわかる。でも、それが「よっぽど辛いこと」になるか。

淇一先生は亡くなったわけではないのだ。持ち直して、枯れた芍薬だって鎌を手にして刈れるのだ。医師だって辞めはしない。控えに回るだけだ。どこをどう考えたって、「よっぽど辛いこと」にはなるまい。「思い詰めている感じ」にはなるまい。

「伯父さんはちょっと先生に優しくないよね」

いよいよ、矢恵の矛先が私に向く。

「そうかな」

そうでもないだろう、と私は思う。

「先生はね、父さんと同い齢。伯父さんより三つ下」

それは、この前、聞いている。

「伯父さんにとっては弟みたいなもん」

それも、この前、聞いている。

「だから、先生がなにか困るようなことがあったら、伯父さんが助けてあげてよねって、この前、言ったよね」

言ったとも。

「先生、この土地には親類はもちろん、知ってる人とかも居なくて、城下での知り合いは伯父さんだけなんだから、お願いねって頼んだつもりだけど」

「覚えているよ」

「だったら、もうちょっと親身になってくれなきゃあ」

なんだか、こっちから動いて西島晴順になんで消えたのかを質してよいという、お墨付きをもらっているようだ。私が仕向けたわけじゃあない。これも流れだ。矢恵は急流だけれど、自然の流れではある。

「こんど、なにがあったのか聞いてみるよ」

私は言う。

「きっとだよ」

「ああ」

「伯父さんは本屋なんだから、凄いんだから、ちゃんとしてくれなきゃあ」

そこは意味がわからないが、私は、ま、励ましてくれているのだと思うことにした。


でも、私が診療所へ出向いて、西島晴順を問い質す必要はなかった。

矢恵と佐助が帰った翌日、箱看板を仕舞う刻限を見計らうように、というよりも、見計らっていたのだろう、西島晴順はやって来た。

手には、風呂敷包みがあった。それなりの嵩のものが入っている感じの包みだ。

本屋にそういう包みを持って訪れるとしたら、ふつうなら手持ちの本を売るか、あるいは買った本を返品するかだが、私はどちらでもないと感じた。そういうことではない。そういう、世間によくある用で来たのではない、と。

「実は、お願いがあって、おじゃましました」

西島晴順は、番台に座る私の目を真っ直ぐに見て言った。おどおどした様子は微塵もなく、言葉もくっきりしていた。吹っ切れないものを吹っ切って、やって来たようだった。

「では、ちょっとだけお待ちください」

私は言った。

「店を閉めてきます」

番台を下り、戸を引いて、箱看板と暖簾を仕舞い、戸締まりをして、西島晴順を座敷に導いた。

「伺いましょう」

正座をして、言った。

「お願いの筋を先に述べさせていただきますが、これを佐野淇一先生のところへ戻していただきたいのです」

脇に置いた風呂敷包みに軽く目をやってから、西島晴順は申し出た。

「なんでしょう」

「いま、解(ほど)きます」

正面に置き直して、結び目を解くと、写本のようなものが五冊、姿を見せた。

「口訣、をご存じでしょうか」

「はい」

芍薬畑での淇一先生を思い出しつつ、私は答えた。

「その、口訣を手書きで集めた、口訣集です。佐野淇一先生の口訣です。元はといえば、称東堂の自習部屋にありました」

耳にした途端、今回の出来事を組んでいるあらゆる断片が、目の前に置かれた「口訣集」に集まって来ているような気がした。

「本来、称東堂の自習部屋にあるべきものです。それを私が持ってきてしまいました。無断で、です。世間の言葉で言えば、盗んだのです。本来なら、私が佐野淇一先生のところに持参して、罰を受けるべき筋合いのものです。しかし、それですと、私が言えることではありませんが、返却と断罪がいちどきになって、この貴重な口訣集に、汚点がついてしまいます。ですから、まず、松月堂さんに返却をお願いして、それがすっかり済んでから、私がお詫びと、罰を受けるために伺うことにしたいと思いました」

霧が引いていくようだった。でも、まだ、その向こうは見渡せない。

「過日、称東堂の代が替わることを耳にしました。もとより、この口訣集は佐野淇一先生の医術の粋（すい）であり、秘伝であり、かけがえのないものですが、ご子息の淇平先生に代を譲るとなれば、もう、なんとしても手渡されなければならぬものでしょう。私は気が気ではありませんでした。どうあっても、返さねばならぬと思いました。飛脚を使おうかとも考えましたが、これは絶対に逸失したり毀損したりしてはならぬものなのです。安易に、他人の手には委（ゆだ）ねられぬのです。自分の手で戻すか、心底（しんてい）より信を置くことのできる者に託すしかありません。とはいえ、あれ以来、世間を狭くして生きてきた私に、信頼し切れる者の当てなどあるはずもないし、自分で手渡せば口訣集に汚点がつきます。私は切羽詰まりました。しかし、そのとき、ふと、

『傷寒論輯義』が目に入ったのです。そして、松月堂さんが居るじゃないか、と気づきました。これまでがこれまでだったので、そんな者は居ないと思い込んでいたけれど、いまなら松月堂さんが居る。松月堂さんの手からだったら、佐野淇一先生だって受け取ることができるにちがいない。なによりも、この口訣集に、これ以上の汚点がつかずに済む。甚だ身勝手ではありますが、そのように思案して、お願いに上がった次第です」

「西島先生」

私は口を開いた。

「はい」

「私はこれを、ただ置いてくるわけにはいきません」

「ええ」

西島晴順は頭を下げる。

「事の次第を明きらかにしなければなりません」

「誠に、ご迷惑をおかけします」

「私の迷惑とか手間とかいうことではなく、なんでこうなったのかがすっかり明かされなければ、淇一先生もすっきりと受け取りにくいだろうということです」

「そう、ですね」

「ですから、もっと話してください。とりわけ、淇一先生への入門を願っていながら、なんで持って帰って、姿を消してしまったのか、また、なんで直ぐに返そうとせず、結局、八年も経ってしまったのか、そのあたりを語ってください」

「言い訳のような気がしまして。申し訳ありませんでした」

「言い訳は必要です。害を加えたのです。卑怯と謗られようと、言葉を用意しなければなりません。自分を守る言い訳ではなく、害を被った相手の気持ちを癒すための言い訳です。まずは、なんで口訣集とともに消えたのかを説いてみてください」

「気がついてみたらそうしていた、というのが正直なところです」

西島晴順は語り出した。

「私も師匠に付いて修業はしたのですが、私の修業は失敗と言うしかありませんでした。師匠を糾すのは本意ではありませんので、ただ一点だけ足らぬ処を挙げれば、師匠は怠惰な方でした。師事すべき方ではありませんでした。諺解書を読んだだけで、医者になってしまったような方でした。とはいえ、師匠以上にわるいのは私自身です。紹介されただけで、ろくに調べもせず入門してしまったのは、ま、仕方ないにしても、途中で師匠がそういう医者であると気づいておきながら、結局、ずるずると、十八から六年も居つづけてしまいました。私もまた怠惰だった。真っ当な医術が身につかないまま、二十四になっていました。さすがに、これではいけないと一念発起して、まず、前の師匠の元を離れました。師匠は怠惰ではありましたが、とってもいい方で、その期に及んでも離れがたかったのですが、意を決して離れました。退路を断った上で、こんどは師事すべき医師を丹念に調べ、佐野淇一先生に書状で入門を願い出たのです。返書が届いて、顔合わせの日取りを目にしたときの嬉しさは、いまも鮮明に覚えています。これで、まともな医者になれる、ちゃんと患者の役に立つことができると、胸が震えました。称東堂を訪ね、自習部屋に案内されて、佐野淇一先生との顔合わせを待っていたときは天にも昇る心地でした。自分もここで学べるのだ、あの佐野淇一の指導を受けることができるのだと、胸が躍りました」

二十四の西島晴順が、目に見えるようだった。

「気を鎮めようとしたのでしょう。手近の文机の上に無造作に置かれていたこの口訣集を手に取って丁をめくり、見るともなく見始めました。読む、という感じではありませんでした。でも、知らぬ間に、私はその手書きの記述に引き込まれていました。あらゆる丁が、六年のあいだ私が渇望しつづけた、医師の血肉となる教えで満ち満ちていたのです。貪るように読み進めるうちに、私の裡に、けっして許されぬ想いがむくむくと湧き上がりました。この口訣集さえあれば、自分はいま直ぐにでも医者の看板を掲げることができる、と。私はすでに二十四になっていました。両親はとうに亡く、私は兄の援助で修業をつづけていましたが、兄とて余裕があるわけではありません。称東堂に願書を出したとき、私は腹を括って兄の過度な負担に目を瞑らせてもらうことにしたのですが、口訣集は、この先さらに数年、重荷を背負わせることになるという事実を再度浮き彫りにしました。一度なら腹を括れても、括り直すのはきついです。

そうして、気がつくと、私はこの五冊を荷物の中に入れ、称東堂をあとにしていたのです」

これで話せると、私は思った。これで淇一先生に、面と向かって話をすることができる。あのとき、なんで西島晴順が消えたのか、迷いなく語ることができる。

「そうして私は、この城下に、自分の診療所を設けました。なぜ、ここだったのかと言えば、称東堂と近くて、しかし近過ぎないからです。所詮は盗んだわけですから、いまさらそんな誠意を見せたって仕方ないのでしょうが、それでも私は、診療所を開くなら、佐野淇一先生の消息が直ぐに伝わって、いつでも口訣集を返しに行くことができる場処と決めていました。かといって、日帰りで行って戻ってこられるほどに近かったら、医療に気を集めることができませんけん。後ろめたいのは、いいのです。いつだって後ろめたいのです。盗んだのですから、近くったって、遠くったって後ろめたいのです。隔たりは関わりありません。でも、診療に気を集められないのは困ります。私はちゃんと医術を施して、患者の役に立ちたかったのです」

「役に立てたのですか」

私は問うた。そのとき西島晴順は、まさに境い目に立っていたのだろう。

「当初は、まったく駄目でした。役に立てませんでした。診療にまるで自信が持てず、いつもおどおどして、見立てをくるくる変えました。わずかな期間とはいえ、あの頃の患者さんには、多大なご迷惑をおかけしたと思います。これでは、なんのために盗みまで働いたのかわからない。あの佐野淇一先生の医術の粋を持ち去るという、大罪を犯したのかわからない。私はいったん看板を下ろし、夜も眠らずに口訣集を読み込みました。幾度も幾度も読み返し、すべてを諳(そら)んじるのはもちろん、どの口訣とどの口訣がどういう関わりにあるかまで把握するように努めました。引用部分は出典がすべて明らかにされていたので、原典までさかのぼって当たり、理解を深めました。その甲斐あって、再び看板を掲げてからは、自分でも納得できる診療を施せるようになりました。口訣集に漏れている領域だけはまだ十分な水準になく、診療は控えていますが、それもいまではかなり埋まりつつあります。けれど、それとともに困ったことが起こりました。口訣集を戻すことができなくなったのです」

「戻すつもりはあったのですか」

「もちろんです。いったん看板を下ろしたもう一つの理由は、集中して学ぶことによって口訣を速やかに我がものにし、一刻でも早くお返しするためでした。けれど、実際にそうなってみると、返せぬのです。もうすっかり諳んじていて、どこからでも自在に口誦(こうしょう)できるのに、いざ返そうとすると、不安で不安で堪(たま)らぬのです。もしも、お返しして、これが手元からなくなったら、あたかも呪(まじな)いが切れたみたいに、元の自分に戻ってしまう気がして恐ろしいのです。今日こそお返ししよう、今月こそお返ししよう、今年こそお返ししようと念じながら、結局、八年が経ってしまいました。あるいは、もう、ずっとこのままで、自分は盗っ人として果てるのではないかと想うこともありました。そこへ、耳に入ったのが称東堂の代替わりです。この機会しかないと思いました。この機を逃したら、もう一生お返しすることはできない。それで、昨日、決めました。なぜか、矢恵さんを診ていて決まりました。松月堂さんにはほんとうにご迷惑をおかけしますが、今日は、店仕舞いの刻限をいまかいまかと待っておりました。誠に申し訳ございませんが、こうしてお願いする次第です。繰り返しになりますが、逃げるつもりはありません。この口訣集が私の元を離れ、称東堂に収まったら、お詫びと罰を受けるために参上します。なにとぞ、お願い申します」

西島晴順は両手を突き、額を畳に擦り付けた。

「わかりました」

私は言った。矢恵の、「伯父さんは本屋なんだから、凄いんだから、ちゃんとしてくれなきゃあ」という声が、頭のどっかで響いていた。

翌日、未明に店を出て、休みを取らずに早足で歩きつづけ、この前よりも一刻近くも早く称東堂に着いた。

玄関で案内を頼むと、姿を現わしたのは私と同年輩の、なんともゆったりした風体（ふうてい）の御仁（ごじん）で、その風体に見合った口調で、「ああ、父に御用ですか」と言った。淇平先生だった。十一月に戻ってくる前の、様子窺いらしい。

「今日は私が代診なので、父はそこらの山際（やまぎわ）を歩いているはずです。近頃、在野（ざいや）の療法に凝（こ）っていて、よく薬草摘みをするのですよ」

春林軒仕込みと聞いていたので、勝手に近寄りがたい秀才を想い描いていたら、淇一先生よりもっと親しみやすい感じで、思わずほっとした。挨拶を述べ、礼を言ってから、少しだけ探してみることにした。

駄目で元々で、入れちがいにならぬよう、あくまで〝少しだけ〟と心して聞いた路を行ったら、もう、町なら角から角まで着かぬうちに、戻ってくる淇一先生の姿を認めた。この前は枯れ芍薬の刈り込みで、今日は薬草摘みだ。どうやら、心の臓はいいらしい。私は意を強くして「先生！」と声を上げた。

「おや！」

笑顔を返してくれる先生に早足で近づき、余計は入れずに用件を伝えた。

「実は、この前、先生がお話しくださった西島晴順のことで、折り入ってお伝えしたいことがございまして」

「ほお」

先生は覚えてくれていて、「じゃあ……」と言った。

「そこの川縁（かわべり）にでも座って話しましょうか」

時候は九月も末だけれど、その日はよく晴れ渡って風もなく、おまけに午が間もなくとあって、野に咲く花こそ秋の花だったものの、春とまちがうほどに暖かだった。川は子供の水遊びには頃合いの四間ばかりの幅で、流れも緩く、川縁に腰を着けると快くて眠気を誘われそうだ。私は柔らかな陽と川の流れと野の匂いに助けられて、西島晴順から聞いた話を語り出した。心がけたのは、話になにも足さず、なにも引かないことだった。とにかく、いま、傍らに西島晴順が居て耳を傾けていたとしても、なんら臆することがないように語り通した。そうして最後に、脇に置いた風呂敷包みから五冊の口訣集を取り出した。

私が話しているあいだ、先生は一つとして問いを挟まなかった。ひたすら、耳に気を集めつづけていた。そして、私が語り終えると、「たいへん、ご苦労をおかけしました」と言ってから、言葉を足した。

「さぞ、お疲れになったでしょう。それだけ正しく伝えようとしつづけるには、並大抵ではない根気が要ります。あなたは西島晴順のために、たいへん素晴らしい務めを果たされました」

伝え終えた途端、どっと疲れが押し寄せたのは事実だった。先生の労いで、その甲斐はあったのかと期待したのだが、しかし、先生は五冊の口訣集を目にすると言った。

「せっかく遠いところを持ってきていただいたのに申し訳ありませんが、これは持ち帰ってください」

引きかけた疲れが、またじわっと広がった。

「やはり、受け取っていただけませんか」

西島晴順がしきりに気にかけていた「汚点」という言葉が思い出された。

「いや、そういうことではありません」

流れに目を預けたまま、先生は言った。

「それは、西島晴順が持っていたほうが、世の中の役に立つからです」

「世の中の役に立つ……」

「称東堂では、門人たちにいくらでも口訣集を写していいと言っています。ですから、諳んじようとしているのでしょう、写経のように、何回も写す者も少なくありません。ですから、称東堂には口訣集が溢れ返っています。いくらでもあるのです」

そう、なのか。門外不出の、秘伝ではないのか。

「西島晴順には可哀想なことをしました。言って持って帰れば、なんの問題もなかったのに、盗んだと思わせ、返さねばならぬのに返さないと思わせてしまった。その間、己れをずっと傷めつづけたことでしょう。己れで己れを罰しつづけたことでしょう。この口訣集を西島晴順に戻すのは、もう、このことで自分を貶める必要はないという徴です。佐野淇一がそう言っていたと、よおく伝えてください」

私は唖然としていた。世の中に、こんな人物が存在しているのが信じられなくて、穴の開くほど先生の横顔を見つめた。そして、俗人丸出しの、問いを投げかけた。

「しかし、先生」

こういうことは、丸ごとわかるか、まるでわからないか、だ。半端(はんぱ)はいけない。わかったような気でいてはならない。

「口訣というのは秘伝ではないのですか。先生なら、淇平先生にしか伝えないものではないのですか」

「そんなことは、ぜんぜんありませんよ！」

先生には珍しく、話にもならないという調子で言った。

「いましがた話したように、称東堂の門人はいくらでも口訣集を写していいのです。修業を終えたら、それを持ち帰って構わないし、持ち帰ったら、仲間の医者に見せて回るのも自由です。縛りはなんにもない。秘伝なんて、とんでもありません」

私はさらに驚く。

「なんで、それほどに守らないのでしょう。苦心を重ねて辿り着いた成果でしょう。真似されないように、盗まれないように、堅固な壁を張り巡らせるのが常道ではないでしょうか」

「それをしたら医は進歩しません。患者は救われません」

きっぱりと、先生は言った。

「医は一人では前へ進めません。みんなが技を高めて、全体の水準が上がって、初めて、その先へ踏み出す者が出るのです。そのためには、みんなが最新の成果を明きらかにして、みんなで試して、互いに認め合い、互いに叩き合わなければなりません。それを繰り返しているうちに、気がつくと、みんなで、遥か彼方(かなた)に見えた高みに居て、ふと、上を見上げると、もう何人かは、それよりさらに高いところに居ることになるのです。一人で成果を抱え込むのではなく、俺はここまで来た、いや、俺はそこよりもっと先に居ると、みんなで自慢し合わなければ駄目なのです」

目から鱗(うろこ)、なんてものではない。もの凄い。この国のありのままとは、あまりにかけ離れているけれど、そうなるといい。

「残念ながら、この国では、一子相伝とか、なんとか伝授とか、なになにの奥義(おうぎ)とか、そういう仕組みが根を下ろしています。しかし、それは参加を制限し、競い合いを排除することによって進歩を止め、限られた者たちで過去の利益を分け合うということなのです。それでも、稽古事くらいならば害は限られるかもしれませんが、医はそういかぬのです。生きるか死ぬかであり、生かすか殺すかなのです。進歩しないわけにはいかんのです。西島晴順にも言ってください。そんなことよりも、医の進歩に力を振り向けろ、と言ってください」

「ならば、先生」

私は先生の話を聴きながら、ずっと胸底で温めていた企てを言うことにした。

「先生のお話からすると、この口訣集を私が本にして、広めてもいいことになりますね」

「もちろんです！」

即座に、先生は答えた。

「願ったりです」

あれから三月ちょっとが経って、もう間もなく年が明ける。

明けたら、刊記に、『書林　松月平助』の店名が印された『佐野淇一口訣集』が出る。

松月堂が、開店十年目にしてようやく板行する物之本だ。

まさか、なかなか実現できなかった初めての開板が、医書になるとは想ってもみなかったけれど、私は甚く満足しているし、矢恵も「伯父さん、凄い」と言ってくれている。

初出誌「オール讀物」
本売る日々　二〇二一年九・十月号
鬼に喰われた女　二〇二二年九・十月号
初めての開板　二〇二三年三・四月号

青山文平（あおやま・ぶんぺい）

一九四八年、神奈川県生まれ。早稲田大学第一政治経済学部卒。経済関係の出版社勤務、フリーライターを経て、二〇一一年『白樫の樹の下で』で松本清張賞を受賞。一五年『鬼はもとより』で大藪春彦賞、一六年『つまをめとらば』で直木賞、二二年『底惚れ』で中央公論文芸賞と柴田錬三郎賞をダブル受賞する。他の著書に『江戸染まぬ』『泳ぐ者』『やっと訪れた春に』などがある。

本売る日々（ほんうるひび）

二〇二三年三月十日　第一刷発行

著者　青山文平（あおやまぶんぺい）
発行者　花田朋子
発行所　株式会社　文藝春秋
〒一〇二―八〇〇八
東京都千代田区紀尾井町三―二三
電話　〇三―三二六五―一二一一

印刷所　光邦
製本所　若林製本工場
組版　萩原印刷

ISBN978-4-16-391668-2